# Nima
# 倪墨，誰的

一位心理師的小說集

周牛 著

感謝
臺東縣
長濱鄉南竹湖的
阿美族部落，因為
你們才有了莒光的創作動力

# 二〇二〇後山文學年度新人獎出版緣起

## ——以文學新人之姿　漫步後山

本館自二〇一四年起開始辦理後山文學獎，歷經六年的努力，著實展現出屬於這片土地美好的文學精神。為使後山優秀文學創作者，一圓出版自創作品專輯之夢，去年（二〇一九）增加「後山文學年度新人獎」徵文活動，獎勵後山優秀文學創作者出版作品專輯，透過不同文類形式，來表現心中美麗的文學風景。後山文學已成為一個刻印在人們心中的文學品牌，讓廣大且具有潛力的文學創作者們，藉由出版平台行銷於通路，同時透過文學作品與世界各地的讀者們，進行更多的在地文化脈絡連結，此乃辦理本活動之最大目的！

今年第二屆「後山文學年度新人獎」能夠順利付梓，要特別感謝吳鈞堯、郝譽翔、葉日松、廖鴻基、蕭水順等五位評審委員的辛勞書審。獲得獎項計有張昕雅——小說《食肉目的謠唱》、陳延禎——新詩《南迴》及周牛莒光——小說《倪墨（Nima），誰的》，共計三件作品。《食肉目的謠唱》作品遊走在現實跟非現實之間，並具有當代流行的元素，內容豐沛值得提攜。《南迴》新詩輯，其中詩句的拼接撞擊，可感受到創作者具有無限發展潛力，內容與生活契合。《倪墨（Nima），誰的》小說輯，則以精神科從業人員的觀點切入主軸。

此三名獲獎新秀為後山文學獎開創新的扉頁，參賽者們將於這片土地上，所感知到的生活體驗，幻化為躍然紙上的文學姿態，實為殊榮可賀。三名獲獎新秀，持續為後山文學年度新人獎向前邁進。徵文活動自起跑以來，受到各界熱烈響應，同時在文化部、交通部觀光局東部海岸國家風景區管理處，以及花東縱谷國家風景區管理處之挹注經費下，以推動後山文學承先啟後之成效。

獲獎新秀們藉由此獎項，使其在此平台揮灑出讓人驚艷的文學新風景，成就最磅礴輝煌的生命篇章。不但展現屬於花東豐富多元的書寫風貌，更灌注文學蛻變的生命力，建構文學新時代的面貌。期待這些優秀創作深入日常生活脈動與場域，持續為後山文學留下精采動人的章節，共同型塑後山最美、最迷人的文學特色。

國立臺東生活美學館館長　李吉崇

# 推薦序（一）問世間多少折磨，直教衆生承擔

一個炎熱的夏季禮拜天下午，暫時擺脫掉醫學論文的牽扯，開了一罐德國小麥黑啤酒，邊飲邊細細品嚐莒光君榮獲後山文學新人獎的作品——《倪墨（Nima）誰的——一位心理師的小說集》。讀著讀著，忽而陷入深深的哀愁，一時難以回過神來。不知該抱怨作者寫得太沉重，還是該怪本來就充滿在世間的無奈。

莒光君是具有豐厚學養的諮商心理師，兩三年間，把他從平日工作中所得到的珍貴經驗和聞說，組織整理，透過獨有的靈敏筆觸，化為一篇篇恍如真實記載，撼動靈魂的故事。小說原本就是要將人世間應當發生而尚未發生的情節場景給寫出來，可作者卻又描述得像新聞報導一般，那麼令人心驚，那麼令人無法承受。書中各篇主角的原形人物，看來都是接受身心科照顧關懷的對象。他們因著和心理師接觸晤談的特殊機緣，將心中塊壘盡情地釋放出來，讓讀者們得以認識一顆顆悲苦的心靈。但其實，閱讀小說的我們自己，每一個人心中，不也是深藏著難對人敘說的祕密和辛酸，我們又將在何時才能坦蕩蕩地揭露自己呢？

傑出成功的小說，不約而同，都隱藏著一個主軸；人物事件，都圍繞著主軸發展打轉；那個主軸，便是「衝突」。正義與邪惡、效忠與反叛、嫉恨與寬宥、純真與矯情、善良與惡毒，友情與出賣、愛與分離，乃至於婆媳之間的關係，莫不以激起人心共鳴為要務。這本小

說集中的每一篇，也都如是。而且在我看來，貫串每一個故事的，竟可說是同一種衝突，那就是美滿與破滅、冀求與失望、生存與毀壞。

每一位讀者，在閱讀之後，相信都會有自己獨特的感想。我看完之後，忽然感覺，也許失智症患者，才真正稱得上無憂無慮，乃試著把自己莫名的感受，填了一闋〈念奴嬌〉附在下面，做為對作者的獻禮，也代表個人對這本小說集的推薦：

生而有情，竟誰免悲慼，逃得遺憾；遁入空門佛前依，無非矯藏羈絆；高官厚爵，賢人哲士，且需同聲歎：不繫之舟，終乃夢中虛幻。云何頓悟解脫，豈當記憶失，方能了斷；一讀倪墨小說集，卻如直達彼岸；業障煩惱，忽然洞開，向來所驕慢，平等相前，滋味獨自品玩。

衛生福利部臺東醫院院長　樊聖

# 推薦序（二）花東靈魂的捕手

讀小說是一件幸福的事，尤其在一個禮拜內讀完《倪墨（Nima），誰的——一位心理師的小說集》，不禁佩服莒光兄旺盛的創作力，營造了一個悲劇性格的因果關係，也讚嘆文字所呈現的高度張力（壓力），承載濃厚的情感及深度的思考，讓人彷彿走進了主角的內心世界，也述說了大時代下不同個體存在的悲憫隱喻。

整部小說內容很紮實，第一視角（心理治療師）去旁白每個生命獨特的歷程，就像編劇利用電影分鏡，娓娓道出了族群裡善與惡的距離與每個禁錮靈魂的吶喊，一次次撕裂又一次次癒合，極其精彩詮釋著心理治療的專業，好幾次觸動糾結在久遠以前看過的一部影片《心靈捕手》，角色裡尚恩與治療師威爾兩個人不得不真實面對自己生命與心靈的存在，不斷、不斷去解構與建構自己心靈的勇氣與決心，整本書裡高張力與高壓力敘事，專業術語追隨著緊湊的劇情，處處充滿玄機的結局，也看出莒光兄創作的企圖心。

臺灣是一個多元且複雜的環境，時至今日原住民族群生命力漸漸式微，莒光兄的小說主要重構了個體（阿美族）與國族體制之間的因果關係，以不同視角書寫一種以原住民為主體的純文學，其勇氣更顯得難能可貴，正如書裡提到：「不論你是什麼原因拿起這本書閱讀，都誠摯的建議你思考自己生命的獨特性，還有與他人的連結性。」所以莒光兄筆下每個人物，都是真實鮮活的闡述一個風起雲湧的大時代故事，跳脫文字框架，就單一結論來看文章內容的視野，文化、時代、地景、角色人物，成功營造了小說所構築的元素與可看性，在某種層面上也清楚定義了阿美族在花東所在的人文位置，一本發人省思的小說作品。

《倪墨（Nima），誰的——一位心理師的小說集》是以一個心理治療師真誠、尊重與貼近心靈的文學創作，延續阿美族遺留下來的時代記憶，透過文字去認識書中的每個生命、族群影像及彌足珍貴的故事，是值得推薦閱讀的一本書。

原住民作家　多馬斯

# 推薦序（三）從文字中得到撫慰的力量

當精神科醫師邁入第十年，陪著診間與病房的個案經歷著各種人生困境與疾病的痛苦，隨著他們的病情起起伏伏，時好時壞，總可以從旁感受到生命的脆弱與堅強。也因此當我看到莒光以一個心理師的角度寫的這些故事，除了貼近臨床，也貼近人生，不免感觸萬分。

小說寫出了人們在跟生活無止境地拚搏之下，那些不敢讓他人發現的委屈，以及無法向其他人言說的內心世界。小說的文字溫暖又細膩，又有著引人入勝的澎湃。我相信從這些小說故事裡，我們都能看到些許與自己相似的模樣。

人生如同熾熱的陽光底下永遠都有陰影。這些故事一直讓我想起電影《陽光普照》中的一句台詞:「我們可以感受到光明，但真正的陰暗，才是你我忽略的瘡疤。」生命總如同書中的人物般，有著許多掙扎、傷害、以及和世界的衝突。只是這本書中並沒有憤世嫉俗，只有許多的愛與溫柔。或許我們生命中的諸多的陰影，很多時候只是需要一個人溫柔地傾聽與陪伴，就像是書中心理師的角色一般。希望這本書可以讓讀者在面對身邊親友經歷各種情緒與生命困頓時，更願意擔任起陪伴者的角色，試著理解地、溫柔地照顧著其他人，也更多點同理。

也希望讀者在閱讀這本書的時候，不管你經歷多少生命充滿苦痛與哀傷，能從作者的文字裡找回了對生命的美好品味，讓本書共鳴你的憂傷，用文字給你一個溫暖的擁抱。希望這本書，能給覺得獨自對抗世界的你，多走一天的力量，用更溫柔的方式對待自己。我們雖總無法避開生命中的沉重與無奈，但總可以選擇如何對待自己與生命的態度。

衛福部桃園療養院一般精神科醫師、臺東醫院精神科代理主任　鄭映芝

# 鼓勵小語

感謝莒光的文筆。每篇故事都彷彿置身其中，感受到所有主角的失落、痛苦、抗拒、害怕、陰影、後悔、無助和糾結。這部小說也讓初接原住民學生技藝中心主任的我，思考在這個職務上如何深入去幫助原住民的孩子。

——鄒慧芬（國立臺東專科學校副教授、教學發展中心主任兼原住民技藝中心主任）

一篇篇糾纏又無奈的人生故事，藉由莒光雲淡風輕的筆觸，勾稽出是你的也是我的無限感嘆；祈願溫柔的同理，如陽光般溫暖每一顆破碎的心靈。

——胡美足（國立教育電臺臺東臺節目主持人、廣播金鐘獎得主）

腦袋中的無限可能！莒光在軍職、教師、心理師、山東二代、阿美族人等等的身分中不斷的移動、整合，蛻變出對人性的理解與包容。

——羅蜀君（國立臺東體中輔導老師）

我想說的是，讀莒光的文章，就如同面對著太平洋，一道輕浪迎來，牽動內心糾結與澎湃，只有閱讀者知道。

——桂春米雅（阿美族作家）

洞悉人性，一窺靈魂深處，為我原住民文學開闢新風貌。

——胡信良（一〇七年第九居臺灣原住民族文學獎小說組首獎）

# 自序／寫在前面

我們可以想像人存在世界上有兩種特性，一是屬於縱座標——天地之間的獨立性；另一個是橫座標——人與人之間的群我性。前者是自我的孤獨，後者是自我與他人的連結，人就常常在自我與他人之間，衍生出許許多多愛恨情仇的故事。這本小說集是我的第一本小說集，有七篇是有關原住民阿美族的故事，另外三篇則未特別突顯出族群。小說離不開人性，引人入勝的點在於懸念，與主角的性格塑造，以下容我將這十篇略作簡介——

〈倪墨（Nima），誰的〉，這篇小說曾獲得一〇七年第九屆臺灣原住民族文學獎，倪墨是阿美族人，幼年父母車禍身亡，依親的舅舅也因為車禍離世，後來他進了孤兒院，在出遊時，又因電擊而致左手斷肢，一連串的不幸遭遇，讓他罹患了思覺失調症。

〈原舞〉，描述的是阿美族高中生周方成，姊姊熱愛原舞及肚皮舞，她一直有個夢想，要將兩者融合，卻因為一場車禍變成植物人。方成承接了姊姊的使命，沒想到方成的母親反對，主要是母親的非理性思考將方成的肚皮舞與姊姊的狀況連結在一起。

〈阿良〉，阿良殺父住在醫院接受刑前治療，診斷是思覺失調症，他知道自己殺父的行為，但阿良不害怕，卻害怕僵屍。這篇探討了原漢文化對阿美族的影響，也運用佛洛伊德的潛意識理論，說明為何阿良會建構出殭屍。

〈召喚〉，講的是拉藍家族的故事，故事陳述遺傳不僅是基因上的遺傳，家族的文化、家族的幽暗面，也會遺傳。曾祖父卡比在日本殖民時代參加高砂義勇軍，日本戰敗後，卡比逃不了戰爭陰影、酗酒、自殺，影響到祖父法烙，最後是藉著傳統巫師的處遇協助法烙走出陰影。拉藍在瞭解家族史，決心學習做一名阿美族巫師守護族人，並企圖與心理學理論結合。

〈陳福多的那一天〉，陳福多是阿美族的臺籍老兵，族名是Fotol。日本殖民時代結束後，十六歲的Fotol被國軍徵召到大陸與解放軍作戰被俘，隨後他加入了解放軍，經歷了文化大革命，妻子自殺，女兒失蹤，唯一的兒子陪著Fotol回到臺東都蘭。

〈老爺爺〉，老爺爺是虛擬的人物，我想要透過這一篇探討戰爭創傷對於人性的殘害。老爺爺十六歲因逃荒而從軍，在初次戰爭中殺了嬰兒，年紀愈大，這個罪咎感就愈重。

〈守著大海〉，一位阿美族老太太——舞賽，她的兒子在一次救難行動中殉職了，此後，每日看大海，得了僵直症，當她全身僵直，動也不動時，正是她與離世的兒子相聚的時候，後來舞賽進到精神科治療，僵直症的治癒是醫師本職，但這麼一來舞賽就見不到兒子了……。

〈墜落〉，主角阿娟是讓人心疼的一位女子，遭受到性侵，有解離及創傷壓力症，她唯一的朋友是一隻重傷被治癒的貓——貓吉。這篇完成後，友人試閱，認為我寫的結局太殘忍了。

〈離情〉，這篇刊登在《皇冠雜誌》第七九一期（二〇二〇年一月），描寫一位罹患乳癌的女子在情感上，與伴侶之間的糾葛，其中我最喜歡的一句話是：「如果難過時，將自己置空，看著這個難過，把對難過的感覺寫下來，再好好地沉浸在所寫的文字中，從文字中得到撫慰的力量。」

〈短繩〉，這篇獲得了一〇八年第六屆瀚邦文學獎佳作，描述主角方玉在她的飛官先生，因戰訓飛行失事後，從罹患憂鬱症到康復，重新得力的歷程。

以上這十篇作品都可以見得到心理師的角色，有的是以第一人稱敘述，有的是以第三人稱敘述，有的只是描述當事人接受諮商的情景。心理諮商迷人之處在於會心的過程，透過會心，彼此的生命有了接觸，撫慰到心中柔軟帶淚的區塊，於是生命的感動就由此而生。

不論你是什麼原因拿起這本書閱讀，都誠摯的建議你思考自己生命的獨特性，還有與他人的連結性。當閱讀後，你的內在若是有些許感觸時，就代表了自己與故事中的主角有了交集。那個微微的情緒也許是難過，也許是感動，也許是無奈，不管內心跑出來的是什麼，都請你好好的觀照自己，思考這些微微的情緒是觸動了生命中的哪一個部分。

# 目次

# 倪墨（Nima），誰的

我們醫院位於海岸山脈與中央山脈之間的小鎮，鎮民對於醫院的精神病友十分友善，尤其在黃昏時，常見到病友逛街，購物。這若是出現在西部都會區，警察可能就來關切了。

倪墨，原住民，阿美族，三十多歲，高中肄業，左手肘以下斷肢，診斷是思覺失調症。追溯應該是二十歲左右發病，有誇大妄想，覺得自己是大老闆。早期的治療斷斷續續，直到在我們醫院住了數年，病情才穩定。最近因為情緒低落，主治醫師轉介給我。

午後，在諮商室裡，倪墨穿著長袖襯衫鬱鬱地坐著。

「倪墨，最近我感覺到你悶悶不樂？」

倪墨看著窗外，陽光照在金色的稻田，稻穗飽滿地下垂，「唉！我不知道，我的人生還能做什麼？」

「聽起來，過得不如意，發生了什麼事情呢？」

「我覺得我白活了，我少了左手，但我很努力的工作，可是我最近……」倪墨頓了下來。

我溫暖地回應，「只要你願意說，我就會用心聽。」

「我很懷念年輕的日子，很忙碌但有成就。而今我站在人生的轉捩點，往後看，覺得無力，向前看，只感覺吃力。」

「聽起來，對歲月的流逝有些無奈。」

「我早年的經歷撕裂了我的心。我想摔了那沉痛的撕裂，卻換得更嚴重的傷痛。」

我柔和地說：「發生了什麼事情呢？」

倪墨眼神深邃地看著海岸山脈，「是恐懼面對自己，怕面對一切。」

接著倪墨說出他的故事了。

我是孤兒，住在孤兒院。小時候，常常夢到Mama（爸爸），Kacaw是他的族名，開著車，載著Ina（母親），族名是Panai，還有我，在南迴公路上。

車子前方有一輛卡車載著鋼筋，忽左忽右。

Panai坐在Kacaw的旁邊提心吊膽，「老公，那個司機是不是喝醉了？哎喲！要撞山了。」大卡車猛然剎車，停住了。

「別擔心。」Kacaw的車子超越了大卡車。

「好危險，老公別跟那麼緊啦！」

「我知道。到了前面壽卡，我上個廁所。」

Kacaw停在壽卡管制站，趕忙地跑到廁所去。

大卡車開過去了，並且對著前面的車子猛按喇叭。

Kacaw回到車上，「我們得快點回去了。」

蜷在後座的我鼾聲微微。Panai微笑地看著我。

Kacaw說：「讓他睡吧！玩了這些天，累了。」

不久，大卡車搖搖晃晃地出現了，載的鋼筋沒有固定好，不斷地滾動。

Kacaw閃了車燈，提醒卡車要超車。卡車往右靠。Kacaw踩著油門，由左側超越。卡車突然一個失控，衝到左側車道。Kacaw剎車不及，朝車尾撞去，所有的鋼筋，穿破擋風玻璃，刺進Kacaw的胸膛，Panai迅速向後座移動，鋼筋也刺進了Panai的身體。

鮮血噴出，淹沒了整個車子。

我從夢中驚醒。紅色的夜燈像車內的血，我驚呼：「啊！」

牧師趕來，打開電燈，我滿臉淚水，牧師摸著我的頭，「又作惡夢了！」

我點點頭。

牧師抱著我，「唉！可憐的孩子，沒事了。那只是夢，睡覺吧！」牧師要關燈時，我大叫：「不要關燈，我害怕。」

牧師輕聲說：「好，我開夜燈，在這兒陪你。」牧師握著我的手，我闔上雙眼，不安地入睡了。

諮商室內，倪墨看著窗外，田裡白鷺鷥飛翔著，「心理師，我幼年時，反覆出現這個夢境，睡得很不安穩。」

「父母雙亡，會日有所思，夜有所夢呀！」我問：「父母都是阿美族嗎？」

倪墨點點頭。

「住那兒呢？」

「一家三口住在長濱。」倪墨右手指著海岸山脈，「過了山，就到了。」

「父母過世時，你幾歲呢？」

「六歲。」

「後來你到了哪裡？」

「少年約瑟學園。」

我泡了兩杯茶，端一杯給倪墨，我邀請倪墨繼續說下去……

剛去約瑟學園的半年，我都不講話。

學園位在臺東一個小的海港社區，可以看到綠島。是外省籍的吳牧師夫婦創建的，與社工阿輝默默地為孤苦的孩子服務。

父母過世後，我依親Faki（舅舅），族名是Fotol，卅多歲，未婚，船員。因為Faki跑船的關係，我只和他住了一個月。記得分手前一晚，我睡得不安，晚上醒來好幾次，怕他不見了。天亮後，Faki帶我到學園，中午他要離開時，我哭著抱緊Faki，不讓他走。

阿輝安慰我，對Faki說：「Fotol，留下陪倪墨一起吃飯吧！」

Faki連忙說：「好。」

阿輝帶我們進到餐廳，安慰我，「倪墨，舅舅沒有走，他留下來陪你。」

我還是緊緊牽著Faki的手。

Faki陪著我吃飯。飯後，我因為前一晚沒睡好，中午睡得沉，Faki悄悄離開了。我醒來，不哭也不鬧，心想：「是不是我不乖，Faki才走的呢？」

學園裡，每個人都有自己的工作，是軍事化的管理。早晨刷牙洗臉後，集合打掃，七點吃早餐。點名時，我老是不在。讓社工阿輝很頭痛，常常集合院童，「你們有沒有看見倪墨？」院童七嘴八舌地說：「去港口了。」

我記得有一天，阿輝要求其他院童：「你們先在這兒，別亂跑。」

生氣地向牧師報告：「倪墨又跑到港口去了？」

牧師說：「唉！這孩子在想他的舅舅。你們吃飯吧！我去港口瞧瞧。」

牧師找到坐在海堤上的我，他坐我旁邊緩聲問：「倪墨，是不是在想舅舅？」

這時有一艘開往綠島的客船正緩緩地離港。看著、看著我就哭了。

牧師抱著我，「你知道這片海叫什麼名子嗎？」

「Faki說是太平洋。」

「你知不知道他是去哪裡抓魚呢？」

「不知道。」

「我告訴你，舅舅的船是在大海的另一端，連著這片海，也是在太平洋上。」

「我看得到嗎？」

「你看到那邊了嗎？有一艘比較大的船，那是要去綠島的船。你再順著船的方向往後看，遠遠的海面上是不是有一艘船？」

我遠眺著，果然有一艘小的船影，我手指著，「是那一艘嗎？」

牧師微笑，「是啊！那艘船實際上比去綠島的船還大，因為離我們很遠，所以看起來很小。」

我的眼睛一亮，「那是Faki的船嗎？他船上做什麼呢？」

「舅舅呀！他帶好多的族人捕魚喲！」

「看得見我嗎？」

「只要向上帝禱告，舅舅就知道你在做什麼了？」

我抬頭看著牧師，狐疑道：「真的嗎？」

「真的！上帝充滿大能，只要禱告，祂就會聽見了。我們低頭來禱告。」

牧師握著我的手，「我們在天上的父，祢是大能的神，Fotol這次出海，求主耶穌做為依靠，賜給Fotol平安，讓Fotol知道倪墨在想他，盼他平安歸來，求主耶穌也保護倪墨，使他平安快樂地成長。以上的禱告是奉靠主耶穌的名求。」

我們異口同聲，「阿們。」

牧師牽著我，「我們回去吃飯了，如果舅舅看見你不吃飯會更難過，知道嗎？」

「嗯，我不能讓Faki難過。」我們一同回到學園。

回到諮商室裡，倪墨細啜了一口茶，「心理師，在學園裡，牧師很照顧我，可是我還是很想念Faki，也很想回長濱的家。」

我同理著，「是啊！牧師不能取代親人。」接著，我語氣囁嚅地說：「有件事，我可以瞭解一下嗎？」

「好的。」

「你的左手？」

倪墨回應：「那時還在，後來發生了意外，斷了。」

諮商室沉默了。

我看時鐘，「倪墨，下次再談吧！時間到了。」

與倪墨談完，也快下班了。我在偌大的院區，散步放空，讓思想奔放著，想著這個美麗的邊陲小鎮。那年我獨自騎野狼一二五走了一趟花東之旅。見到日出時，陽光灑落海岸山脈；日落時，晚霞輝映中央山脈；兩座山脈之間充滿了慢活的氣息，我就愛上這裡了。

隔週某日的午後是會談的時間。

午後陰天是花東縱谷的特點，老天總愛收起陽光，將天空布滿厚厚的雲。

今天受颱風影響，天空都是烏雲。

在會談室內，我泡了茶，端給倪墨。

「心理師，謝謝你的茶，也謝謝你願意聽我的故事。」

我微笑，「有些事情，說出來總比卡在心頭上好。」

倪墨點點頭。

「倪墨，今天想談些什麼呢？」會談時，我會以個案想談的主題切入。

「心理師，你知道嗎？阿美族有海洋的性格。」

「是呀！像是你的故鄉，位在臺東縣境之北的長濱，一邊是一望無際的太平洋，一邊是蒼勁的海岸山脈。」

倪墨幽幽道：「Ilisin的時節來了。」

「Ilisin？是什麼呢？」

「收穫祭，國民政府來臺灣後改為豐年祭，是族人農暇時，為了感謝上天與祖靈的重要慶典，也是休息與分享歡樂的時節。」

「願意說說嗎？」

倪墨的眼眸裡燃起了Ilisin的熱情……

在學園裡，時間過得很快，我與Faki聚少離多。國小畢業，我等著升國一，Faki回臺灣，帶我回到長濱參加Ilisin，讓我瞭解族人的傳統，我帶著一顆興奮的心回到家鄉迎接Ilisin。一早Faki帶我到海邊釣魚。太陽昇起，照著海面，略帶鹹味的海風吹來，Faki狠狠地吸了兩口鹹鹹的海風，也帶著我學他的動作，我感受到空氣吸進到肺的充實與飽滿。

Faki甩了釣竿，專心釣魚。

我高興地跑來跑去，我沿著沙灘，跟太陽、浪玩遊戲，浪沫在我的腳邊滾動，吞沒了我的足跡，我回頭看，大海、浪花、沙灘、蒼勁的青山，加上釣魚的Faki，我很開心，從來沒這麼快樂過。

Ilisin前夕，頭目召集了族人分配工作，Faki負責殺豬。

大人們扛著黑豬，豬的前腳與後腳分別被捆綁住，扁擔從中間穿過，穿上傳統服飾的大人，將這頭約百來斤的豬隻扛起，唸唸有辭地祈禱。

大家到了溪流與大海的交接處。只見Faki拿起一根銳利的鐵棍，族人指著豬心，「Fotol，從這裡刺進去。」

Faki神情緊繃，雙臂肌肉隆起，青筋浮現，豬不斷地嚎叫。Faki專注地向心刺進，終於豬隻不叫了，血染溪河。

我忐忑地看著血染的溪水，紅紅地流向大海。

失了靈魂的豬，族人用瓦斯噴燈燒除豬毛，分割解體。大人們在海邊，將豬肝，直接用刀切成薄片，涮燙後，沾上醬油和著酒邊吃邊喝。豬肉按族人的位階切好後分送族人。

Ilisin期間，族人跳舞，祈福，分三個階段——迎靈、宴靈、送靈。最後一天部落的年輕人會集體到海邊，進行傳統生活技能的訓練，將採集到的食物，孝敬長輩。Ilisin結束後，族人會在沙灘生起營火，明月皎潔，海面映出銀白月光，浪花陣陣，紅光椰影。殺的豬與捕的魚做成了美食，還有全村婦女準備的野菜，主食是一捶一捶地做出的Toron（麻糬）。教會長老帶著大家禱告，完畢後，開始吃飯。

小鎮的天空陰暗了。我起身打開諮商室的電燈。

「心理師，Ilisin是重要的祭典，部落的人不論身在何處，都會盡量排除萬難回鄉參與，甚至有老闆不准假，族人就辭職帶家眷回來。」

我回想起參加的經驗，「是的，在祭典時，聽著歌謠，時而一人領唱，眾人答唱，時而輪流吟唱ha-hi、hai-ha-hey..，還有舞蹈，眾人穿著傳統服裝，齊一彎腰，起身，就像海浪一般起伏翻飛。聽著，看著，就很能療慰心靈了。」

倪墨彷彿走進回憶裡，「過了二十多年了，我還是記得很清楚，像昨天一樣。有個榮民伯伯族人稱他老王，每年都會參加Ilisin。」

王伯是山東人，為人風趣，愛助人。年輕時，隨著部隊駐在臺東，與部落建立了良好的情誼，退伍後就在部落住下來了。

王伯離開大陸時只是個娃娃兵，是王爺爺託孤給國民黨的部隊帶到臺灣來的。開放大陸探親時，王伯回到山東，才知父母在戰爭中雙亡，王伯上有大哥、大姐，大哥在文革，因為王伯是國軍被鬥死了，大姐下放農村勞改失蹤了。一家人連個墓都沒有。王伯要回臺灣時，悲痛莫名，對著村門口跪哭，拜了三拜，算是祭拜了父母、兄姐。

此後，王伯就定居在部落，並愛上了一位阿美族姑娘，王伯形容她的美麗像是海邊的白石。婚後，王伯百般疼愛，生了孩子就叫白石。可惜，好景不常白石的媽媽因病過世了。

部落族人將王伯當作自己人，王伯很感謝族人接納他。融入部落久了，王伯也學了一些族語，已經將部落視為故鄉了。

王伯邊喝酒，邊吃Siraw[1]，是阿美族傳統的醃豬肉。

王伯吃了一口，「Fanohong ko siraw.」

Faki豎起拇指讚美，「這句話的意思是『醃肉很香』，老王說得很標準耶！」Faki接著

1 阿美族早期食物不易保存，用鹽、酒醃製豬肉、魚肉、魚卵、獸肉及動物肉臟。

說：「你真的是山東阿美族了。不過Siraw很鹹，少吃一點。」
王伯敬Faki，「高興嘛！俺敬你。」
兩人乾了一杯。Faki將泡蛇膽的米酒遞給王伯說：「這酒有加料，喝了，晚上你和大嫂就不用睡了。」
「別提那婆娘了，已經回大陸了。」
在Faki的追問下，王伯說出了原因——在白石媽媽過世多年後，王伯取了山東老婆，倆口子恩恩愛愛，但黨性各有堅持，一位是向中國國民黨效忠，另一個則是說中國共產黨的好。
白石就難為了，到底是國民黨好？還是共產黨好？這樣的意識形態交鋒在李登輝提出兩國論，以及阿扁當上總統後，出現最嚴重的衝突。王伯心理已經是不樂意了，王媽媽火上加油說：「這是因為國民黨太爛了。」
王伯很不爽，但又無法否認，於是爆粗口：「進你娘！大陸的老百姓可以選國家主席嗎？」
王媽媽怒回，「你看你們選了什麼總統？」
王伯火了！共產黨怎能批判臺灣呢？王伯怒罵：「妳這婆娘是共匪。」
王媽媽氣得要帶白石回山東，而白石竟然也說：「好！」
這可惱了王伯，罵白石是小共匪，於是將王媽媽趕回大陸。臺灣再怎麼政黨輪替，國家還是叫中華民國。
王伯豪邁地將蛇膽酒一飲而盡。
Faki聽了哈哈大笑，「白石啊！還是臺灣好！你老爸不要你的二媽了。」

白石說：「才不是這樣，每次爸爸打電話給二媽都說：『小寶貝，快回來，俺想死妳了喲！』」接著說：「二媽回大陸，是因為爸爸每天晚上都和她脫光光……」

族人好奇地問：「脫光光幹嘛？」

白石神情如鬼靈精，「打架啦！二媽每次都被爸爸壓著上面，氣喘噓噓地說：『老王，俺輸給你了，俺的命快沒了。』」

白石嚴肅說：「在臺灣，她真的就沒命了，所以二媽才趕快回山東去。」

王伯笑罵：「白石，小王八蛋。人小鬼大！」

白石不甘被罵：「我哪裡說錯了，每晚你們都會打架啊！」

大家哈哈大笑，「老王體力還不錯啊！每天都來。」

紅紅營火下，族人喝得盡興，唱歌跳舞。Faki站了起來。

王伯說：「你要做什麼？」

Faki渾身醉意，「要不要去？」

「去哪？」

「尿尿！」

王伯扶著Faki，「Fotol，才喝多少，就忍不住了。小心點！」Faki掙脫了王伯的手，搖搖晃晃地越過馬路。

突然間，一輛急駛的車子撞得Faki離地飛起，又重重地摔下，接著是緊急剎車。老王聽到剎車聲，酒醒了。大叫：「Fotol！」趕忙跑去一看，人已經躺在地上，王伯大吼：「快叫救護車。」正當大家亂成一團，肇事車跑了。於是有的人在罵肇事者沒良心！有的人在說該怎麼辦？救護車一時間也趕不到呀！

我靜悄悄地站在人群外，大腦毫無思緒，我不相信這是真的。

白石大喊：「倪墨！」

吵雜聲頓時停了。眾人將眼光投射過來……

諮商室沉默了。

天雨，颳起風了。聽到這兒，我的心沉沉的，「倪墨，你還好嗎？如果沒辦法談，我們可以暫停。」

「心理師，我從來沒對任何人說過這些事情，我想我是該面對了。」

「不知你是否願意說？我們還有一點時間。」

「好！」

我沖泡了新茶包，端到倪墨茶几前方，茶冒著熱氣，倪墨拉著茶包，驀地繩斷了，茶包掉入熱水中，濺出水滴。

我拿抹布拭淨水漬，「有燙到嗎？」

「沒。心理師，沒關係，我要繼續說我的故事了。」

車禍那晚，我呆看著躺在地上的Faki。我滿腦子都是鮮紅的血，想到Faki殺豬時，那隻豬無力的眼神，以及血紅的溪水緩緩地流入大海。

喪禮是由部落的牧師主持，我雙手捧著Faki的遺照。王伯站我的旁邊。殯儀館的人員將Faki的棺材置於焚化爐前，要準備推進去了。牧師說：「我們敬愛的天父，這一刻是我們最不捨的時刻，祢說血肉之軀不能承受上帝的國度……」

3
1 倪墨（Nima），誰的

牧師領著我們禱告，我的嘴唇微微動，身子顫抖，看著工作人員打開爐門要推Faki進去。我哭吼：「Faki...Faki...」王伯抱著我，也哭了。

Faki火葬後，王伯、白石送我回到學園。

我變得更沉默了。

有一天全體院童到小野柳遊玩，那天改變了我的一生。

我沒跟大家一起走，我坐在岸邊礁石上，看著被海浪拍擊侵蝕的岸岩。突然一個貝殼動了一下，我好奇一看，原來是寄居蟹，我抓到牠，想養牠。走著走著，一不小心寄居蟹掉了，我趕忙追著，牠消失在配電箱附近。配電箱在草地上，前一晚下過雨，草地濕濕的，我右手扶著電箱，看見地上有條約手臂粗的電線，心想寄居蟹是不是在那兒？左手拉起電線，霎時我感覺利斧狠狠地劈了我的腦子，火從左手貫穿進來。

往事又鮮活地浮現眼前，一幕接著一幕……

Faki殺的豬流出鮮血，染紅了世界。在紅色中，我看見Faki躺在地上，看見Ina、Mama躺在破碎的車子裡。畫面切換到殯儀館，我看到要推進火爐焚化的棺材，學園的吳牧師按著聖經，「我們為倪墨的爸爸、媽媽、舅舅齊心禱告……倪墨快到棺材旁道別！」我走近一看竟然是我躺在棺材。接著紅色轉變成火，狠狠地燒著整個世界。

「水……我要喝水。」

迷迷糊糊中，我聞到焦肉的味道，瞧見師母溫暖的手撫摸著我的頭，用浸濕的棉花抹著我燒裂般的口舌，我吮水微潤著，但澆不熄身體的火焰。左手為什麼會這麼痛？

「痛…Ina，左手痛！Ina…Ina…」

「別怕，我在這兒！」

醫師打了一針……我昏睡過去了。

經過半個月，醒來後，才發現左手肘以下不見了。

諮商室的時鐘，滴滴答答。倪墨將連結茶包的斷線，放在茶杯旁，我看了他的左袖，空空如也。

天下了大雨，風一陣一陣地吹。

我起身看著窗外，一時間，我的心有些難過，我不知道該如何回應倪墨？我看時鐘，「倪墨，時間到了，改日再談。」

倪墨起身走到門口。

我叮嚀：「小心喔！颱風來了。」

倪墨背對我，站在門口，停了一會兒，他沒回身，只點點頭。倪墨開門時強風灌進來，他用右手吃力地關上門。

這是強烈颱風，威力不容小覷。縣政府宣布明天停班停課。還好我住在宿舍，沿著風雨走廊就可以回寢室。晚上整個院區都叫囂起來了，大王椰樹給颱風颳得披頭散髮，豪雨乘著風，似亂箭般四處飛射。

窗外風雨，喧騰不已。我想著倪墨的故事，左思右想，昏昏沉沉的。

在呼嘯的風雨聲中，我一人走到了海邊的涼亭，全身濕透了，我赤足坐在椅子，沉寂地等待著，夜愈深，風雨越大，直到一個龐大的身體，濕淋淋地闖到涼亭，朝著我一步一步地欺凌過來……嚇得我一身冷汗，自夢中驚醒。我思考著這個夢的隱喻，到底要說些什麼？

颱風過後，空氣濕涼，院內樹倒了，滿地的樹枝和葉子，全院人員加入了整理的行列，我們停了一次的會談。

隔週午後，倪墨準時到了諮商室。寒暄後，倪墨說：「心理師，上週颱風來，吹斷了病房前榕樹的主要枝幹，我們努力的清理，我想一年後，榕樹還會再生新枝。可是我的左手斷了，卻再也長不出來。」

倪墨開始敘說他的故事……

住院一段時間。回到學園後，我產生了幻肢現象，明明左手肘以下不見了，可是有著左手在痛的感覺，甚至我可以感受到五個手指的疼痛。那種感覺是很嚇人的。

我常常在問自己：「為什麼上帝要這樣對我？」

少了左手，平衡感不穩，走路容易跌倒。

其他孩子原本還抱著同情。久了，有些調皮的孩子會故意鬧我，我穿長袖，他們會故意抽拉我左邊的袖子。不然就是同我玩球，向左邊丟球，再看我重心不穩的模樣。牧師、師母或是阿輝知道了，會處罰他們，尤其是阿輝會將欺侮我的男孩理光頭，女孩剪成短髮。我被孤立了，大家認為是我打的小報告。

牧師說：「要常常禱告，上帝就會給我所要的。」

我對上帝說：「親愛的上帝，我要Ina！我要Mama！我要Faki！」

上帝無語。

我休養一年後，才唸國中。

國中結束。終於要上高中了，讀高中……我。

倪墨低下頭來，面容扭曲，神情痛苦，沉默不語。

沉默在心理諮商是有意義的。對於個案而言，可能是在整理，可能是在回想；對於心理師呢？則是要觀察自我、個案，還有當下發生的事情。我感覺倪墨念高中是一個關鍵，但我得克服我的焦慮，耐心等。

良久，倪墨開口了……

高中是牧師堅持要我讀的。

我和白石讀同一所高中，他二年級，我一年級。我原本對高中的生活有些期待，事實上是跳入到火海，燒到我，也燒到白石。

一年級時，有些惡行惡狀的學長，看到我是原住民，只有一隻手，好欺侮。常常帶我到廁所，打我一頓或著是把我關在裡面。

阿輝常說：「牧師很辛苦，為你們募得學費，要好好的念書，要聽老師的話。」

每當牧師問：「在學校好不好？」這個問題總是讓我痛苦不堪，我內心深處常感到崩裂，因為我必須要說很好！我不能表達我的憤怒和難過。

學校還好有白石出手保護我。白石說：「倪墨，如果他們再找你的麻煩，你就來找我。」

但面對漫長，沒有希望的日子，我找不到上學的動機，可是又不得不去。我常常失去時間感，寧願了結這一切。不過在這一切結束前，我想讓那些欺侮我的人消失……

諮商室的倪墨又陷入到痛苦中。我同理著，「倪墨，我感覺到高中發生的事情讓你痛苦，如果沒辦法說，我們先暫停吧！」

我換了另外一個話題，試著放鬆倪墨的心情，我發現他的右手腕背有道很深的刀疤，被襯衫遮住了。

諮商時間到了。我請倪墨下週按時來談。

接著的諮商都卡在這兒，談不下去，而且倪墨的情緒一次比一次低落，甚至有極端的自殺意念，並出現了自傷的行為。

我尋求督導諮詢意見。督導表示：「試著用投射性的繪畫或是圖卡，看看能不能找出原因？」

這回我帶了圖卡，在桌上展開，請倪墨細選一張卡。

他選了一張是兩艘船在大海，一艘近，一艘遠，天空有一道閃電。

我問倪墨，圖卡給他的感覺。

「心理師，我說不上來。」

「倪墨，船，你聯想到什麼？」

「遠的船，我想到Faki；近的船是我，我跟著他去了。」

「你們要去那兒呢？」

倪墨沉鬱著，「去找Ina、Mama，要和他們在一起！」

我指著圖卡上的閃電，「這道閃電的出現，你有什麼感覺？」

倪墨看著……看著。我注意到他的眼神開始轉變，似乎掉入到深不可測的黑洞，裡頭有個巨大恐懼。

「閃電……電……電。」

倪墨渾身發抖，驀地，放聲吶喊：「啊！」尖叫聲趕跑了午後的寧靜。兩位男性護理師衝過來，架著他進到保護室，倪墨放聲哭號：「Mari'angay！Mari'angay！Mari'angay kiso！Mari'angay kamo！」人在激動時，會本能地以母語發洩情緒。

醫師問阿美：「倪墨說什麼？」

阿美也是阿美族，精神科資深的護理長，翻譯說：「壞人，壞人！你是壞人，你們全是壞人！」阿美安撫倪墨，但無效用。

醫師說：「再鬧就打針！」

倪墨大吼：「Patay！Patay Kamo！」

阿美解釋：「死！你們全去死！」

醫師下令——約束，將病人四肢綁在病床上，倪墨沒有左手，加綁胸與腹。

阿美安慰說：「倪墨，給你打針，讓情緒穩定。」

倪墨怒吼：「Na'ay！Na'ay！」拚命扭動，要掙脫約束。聽得出來是說：「不要！不要！」其中夾雜幾句國語：「你們以為我是好欺侮的嗎？」、「白石……白石，不是我……是他們……」、「我要殺了你們……」。

打針後，倪墨安靜了。此刻夕陽偏西，紅日染得白色的醫療大樓成了血紅的。下班前，我進到保護室，倪墨睡了，眼角有淚。

兩天後，團隊召開倪墨的個案研討，由主治醫師、心理師、職能師、社工師及護理師等人與會討論。

醫師說：「倪墨有思覺失調症和重鬱症，是共病。目前有自殺、傷人的意念……藥物和心理諮商顯然地沒有助益……」總之，醫師要採用「電痙攣治療」（Electroconvulsive therapy，簡稱ECT），是一種快速、有效的方法。

我表達了意見，「倪墨在潛意識裡面壓抑了一些非常深的創傷，當潛意識的創傷要浮到意識層面時，會有抗拒，而抗拒的表現形式，可能是情緒低落或是憤怒……」

我請醫師再考慮一下，倪墨是長期住院，二十四小時有警衛和護理人員看顧著，「再讓我和倪墨會談諮商，從心理好好處理他的創傷，給他內在增能，有勇氣面對過去的創傷事件。」

醫師評估倪墨有高度自殺和傷人的風險……數日後，醫師為他進行電療。

我感到無奈，與阿美閒聊。

「透過心理諮商鼓勵倪墨面對創傷，走出憂鬱，重新讓生命得力，才是治本。電療總是不舒服的，人被電擊的感覺會好嗎？」

阿美談到多年前，倪墨接受過電療。電療後，容易失憶，會遺忘痛苦，也會頭痛、肌肉痛、牙痛，感覺到噁心，感情的敏感度會鈍化，等慢慢恢復記憶後，往事鮮活了，又再次陷入痛苦。

阿美回憶，「倪墨多年以前在長濱投海自殺獲救，緊急送醫，開始出現妄想，覺得自己是大老闆，一旦陷入到憂鬱，就想自殺，那時就用了ECT來治療。」

我想起那張閃電圖卡，「難怪閃電勾起他對ECT的恐懼。」

阿美疑惑著，「什麼……」

我回神了，「沒事……倪墨的妄想可能是創傷壓力過大，心為保護自己，創造一些想像讓自己好過些，久了終被想像馴養，再也分不清真實與虛幻了。唉！」

阿美靈光一閃，「心理師，倪墨每天都會書寫文字。你可以問問有沒有人幫他保管這些筆記。」

「是嗎?這真是太棒了。」我很高興,書寫是自我的投射,可以瞭解一個人的內心世界。

「阿美,妳真是阿美族的天使。」

阿美綻放出燦爛的微笑!

我問了,確實有,而且是一箱的筆記本。

倪墨書寫範圍很廣,給醫師、護理師,也有給總統的信,還有給自己開的公司——浮爾托遠洋漁業股份有限公司員工的信。不過我找到了一本比較舊的日記,是發病前,高中時寫的。我細讀後,心很沉重,日記透露著痛苦。其中幾則令人心傷……

**xx月xx日　星期x　天氣x**

我為什麼這麼沒有用?會被人家欺負?

學校有黑暗的角落是陽光照不進來的,而我就是在黑暗角落的人。

我恨自己。

**xx月xx日　星期x　天氣x**

在學校遇見白石,他是高二學長,住宿。擔任原民舞蹈社社長,快要全縣比賽了,上課、假日都要練舞。

今天是週末,王伯和王媽媽帶著包子看白石和我。王媽媽與白石的感情很好,她給我一些包子吃。王伯叮嚀白石要照顧我,不要讓人欺負我。

有爸爸、媽媽真好!

**ｘｘ月ｘｘ日　星期ｘ　天氣ｘ**

下午上廁所，因為只有一隻手，尿尿比較慢。遭到學長的恥笑，我索性到廁所間去尿，他們把門釘死，我在裡面，半天出不來。

校工帶著工具拔掉釘子，我聽見校工說：「釘這麼深啊！」花了半小時才打開。

教官要我說到底是誰做的？要處分這些人。

我低著頭，不敢說。

心很酸。

**ｘｘ月ｘｘ日　星期ｘ　天氣ｘ**

我不敢在下課時上廁所，只能在下課前五分鐘舉手，向老師報告要去廁所。

我罵：「幹！倪墨，你真是沒有用。」

**ｘｘ月ｘｘ日　星期ｘ　天氣ｘ**

他們將我的義肢拆下來玩，罵我是廖伯仔密告。有些同學在笑，有些同學在看。這時有人突然奪下了義肢，推開了鬧我的人，是白石帶了四、五位原舞社的學長來救我。

事情愈鬧愈大，兩邊都有人嗆聲。

教官來了，趕走了人群。

我很不安。想消失掉。

但在消失之前，要讓他們先消失。

**xx月xx日　星期x　天氣x**

動手了。

七、八個人押著我到廁所，他們抽菸、吃檳榔，拿我的義肢來玩。我很害怕。

他們要我吃檳榔，我說：「不會。」他們罵：「山地人都愛吃，怎麼不會吃？」一巴掌打我的左臉。

他們拿菸給我，我搖頭。他們罵：「番仔會包菸草，怎麼不會抽？」又一巴掌打我的右臉。

他們拿米酒，「喝酒？」

我搖頭。

「你娘咧！不吃檳榔、不抽菸、不喝酒，難怪斷手。」

他們因為廁所事件被記過，很不爽。要我原地踏步用族語答數，我踏著步伐，不協調地喊著族語：「一……二……三……四……」[2]

他們張著血紅的口笑著，「幹！聽嘸啦，你要吃土虱[3]、土魠[4]喔！」

接著他們要我為當廖伯仔道歉。

不是我講的，但是我不敢反抗，我對他們九十度三鞠躬。

---

2 阿美族語一是cecay、二是tosa、三是tolo、四是sepat。

3 tosa音近中文的土虱。

4 tolo音近中文的土魠。

不過，我還是被痛打一頓。要我記得帶土虱和土魠請他們吃，不然還會再扁我。

**xx月xx日　星期x　天氣x**

廚房有一把阿輝剛買的西瓜刀。

我藏在書包。明天，要行動了！

這是霸凌。我臆測學校應該是處分了霸凌者，同學卻以為是倪墨告的狀。我繼續看，但隔天沒日記，直接跳到了數個月後。

**xx月xx日　星期x　天氣x**

天很冷，我走在馬路上，想回家。有一位開貨車的原住民問：「去那裡？」

「長濱。」

「上來。」

還是有善良的人，像陽光一樣溫暖。

長濱到了。終於回家了，一切都還是原來的模樣。屋內有厚厚的灰塵，電燈不亮，很久沒人住，沒繳費，早被斷電了。我打了一桶水進來，擦拭家裡。

我坐在桌前，又重現那一幕。如果我不這麼衝動，他應該還好好的。

**xx月xx日　星期x　天氣x**

天氣回暖。

我突然想看看白石，我想照顧白石一輩子。我走到白石家，看見白石坐著輪椅獨在院子曬太陽，兩眼無神。

我輕喚：「白石、白石……我是倪墨。」

白石沒有回應。我輕輕握住白石的手。

「咯、咯……」白石發出奇怪的聲音。

「白石你想說話嗎？」

王媽媽衝出來推開我，「你幹什麼？」

她大喊：「滾！你把白石害得還不慘嗎？」

「王媽媽……我……」

她很生氣地推倒我，「走！與你在一起的人就會倒楣，以後不要再來了。」

我拍拍身上的灰塵，抬頭看上天，以前我會詢問上帝：

「為什麼讓Ina死？」

「為什麼讓Mama死？」

「為什麼讓Faki死？」

「為什麼讓白石變成植物人？」

「為什麼？」

現在沒有為什麼了。

這本日記就到此為止了。

我闔上日記，推測白石變成植物人，可能與倪墨攜刀報復有關。倪墨的行為是霸凌的反擊，學校究竟發生了什麼事情？之前颱風夜的夢境又回來了，我在海邊涼亭裡，躲避風雨，出現的龐大身體，驅策我要解開這個謎。

我一早開車，在玉長公路想起倪墨說：「心理師，我的家住在山的另一方，順著玉長公路，開上山過了隧道，你會豁然開朗，看到太平洋，慢慢地下山後，左轉順著海岸公路，沒多久就到我家了。」

我找到了部落，卻找不到倪墨的家，心頭有些悵然。

我看到路邊有商店，想買個飲料喝。進到店家，赫然看見有人坐在輪椅，他的模樣是植物人，一位中年婦女餵食，語調溫柔，「白石，聽二媽的話，慢慢來。」

這一幕給我強烈的震撼，突然覺得追謎是件殘忍的事，我悄悄地離開商店了。

天陰了，我走到沙灘，前面是太平洋，夠寬、夠廣，容得下人間所有事。我脫了鞋，踩浪，戲水，心想倪墨是不是也這樣地玩耍。有一位老先生在垂釣，我走近看到水桶好多魚。

我微笑說：「豐收喔！」

「算少的了，近幾年魚是越來越少了。」語調是山東腔。

「伯伯是山東人嗎？」

老先生微笑，「俺是呀！」

我的心定下來了，雖然歲月在他的臉刻畫出皺紋，但仍看得出來他與白石是同個模子。

建立關係後，我們聊著。海風徐徐，浪花滾滾。

王伯問倪墨的近況，我概略說了。

王伯嘆氣，「唉！Nima a makapahay wawa konini？」

我一頭霧水。

王伯解釋：「這句意思是『這可愛的孩子是誰的？』是倪墨的爸爸——Kacaw教俺說的第一句阿美族語。倪墨小時很可愛，俺常抱著他說：『Nima a makapahay wawa konini？』倪墨是漢名音近Nima，中文是指『誰的』。」王伯接著說：「可惜倪墨的父母、舅舅過世得早，留下倪墨，過得很辛苦。」

我們聊了許多，也談了倪墨帶刀到校發生的事情。

王伯望著大海，「學校教官向我解釋，倪墨帶西瓜刀，找到欺壓他的學長們，砍傷其中一位。另一位學長搶走刀，砍了倪墨的右手腕背一刀。」

我想起倪墨只穿長袖，遮掩歲月留下的傷痕——斷肢、刀疤和痛苦的過往。

王伯繼續說：「白石知道後，趕忙跑去。場面很混亂，白石衝去拉倪墨，拉到了空的左袖，倪墨重心不穩，跌在白石身上，白石頭先撞到洗手檯，後腦又跌撞到地上。結果……」

我看著海，浪起浪落。

「倪墨心頭一直卡著這件事，多年後，在這兒跳海自殺，被俺救回來了。」

我鼓起勇氣問：「王伯，你有恨嗎？」

王伯微笑，「國共內戰讓俺當了娃娃兵，隻身在臺灣，開放探親後，回到山東老家，才知道家人都死了，連墓都沒有。這個阿美族的偏鄉部落讓俺真正有個家，俺心疼白石，也心疼倪墨。恨，是恨不完的，俺珍惜活著的人，人活著不就是一口氣嗎？好好珍惜每個呼吸吧！」

王伯熱情地要留我吃飯，我婉拒了。

道別王伯時，王伯表示，白石的二媽心疼白石，仍不願見到倪墨，王伯希望過陣子，可以探視倪墨。

開車在玉長公路，爬坡上山，太平洋愈來愈寬廣。我感覺輕鬆，也感到落寞。

那晚，我做了一個夢——

我在小溪出海處，遇見六歲時的倪墨。

我親切說：「Nima a makapahay wawa konini？」接著摸摸倪墨的頭，「這可愛的孩子是誰的？」

倪墨微笑，伸手小小的左手牽著我的右手，看著潺潺溪水流向海，溪海交會，浪將溪水推回些許，但終會全部流入這片藍色的太平洋裡，海風拂來，遠方定著一艘船。

抬頭眺望，藍天浮現三位阿美族人穿著色彩繽紛的傳統服飾。

倪墨興奮地用右手指著，「Ina，我的媽媽；Mama，我的爸爸；還有Faki，我的舅舅。」他高興大叫著：「我是倪墨，是你們的——Nima。」

大海、藍天，三位阿美族人揮著手，微笑著。

# 原舞

周方成是高一的學生，有著一雙深邃的大眼，高大的身材，入學新生訓練時被原舞社的指導老師孫老師看上，選進了原舞社。原舞社是本校的重點社團，在臺東各個高中職校都有原住民舞蹈社，每一年的原舞競賽各校無不卯足全力爭取佳績。方成是阿美族人，族名叫做Kacaw。我曾經問過方成：「Kacaw在阿美族語的意思是什麼？」

方成驕傲地說：「守護者！」

好小子！答得乾淨利落。今年暑假，方成特別邀我到他們部落參加豐年祭。方成家住在長濱，臺東海岸最北的一個鄉。

午後，我搭上客運，沿途風景秀麗，一邊是浩瀚的太平洋，一邊是巍巍的海岸山脈，還有緩斜坡上的稻田。陽光、海風、浪花，繪成一幅具有源源不絕生命活力的風景畫。

熱心的司機先生提醒我到了。

下了車，我環顧四周的環境，海灘上的椰子樹迎向大海謙卑頂禮。略帶鹹味的海風伴著陣陣浪聲吹來，我貪婪地吸了兩口空氣。

方成騎機車過來，開心地說：「老師，沒有讓你等太久吧！」

「還好，我正看著風景呢？」我坐上他的機車，方成加足了油，順著產業道路而上，將大海拋在後方。

不一會兒，就到了方成家裡了。

「爸爸！老師來了。」出來一位黝黑的中年男子，略微發福，濃眉、厚唇，滿臉堆著笑意。

「歡迎！歡迎！」

客廳擺設很簡單，幾張竹編的沙發，一張茶几，上頭放著小小的竹籃，裡面有荖葉、檳榔，還有裝著石灰的圓盒，牆上掛著一張耶穌像。

方成笑著說：「老師，他就是我的老爸——周榮樺。」

周榮樺對方成說：「你去叫媽媽回來，跟她說老師來了。」

我說：「周先生，這怎麼好意思，不用麻煩了！」

方成說：「老師，我爸爸是鄉公所的清潔隊員，是我們社區原舞康樂隊的主持人，名聲響遍了東海岸。」

「呵呵，別再說了。快找一下媽媽，一個下午都不知道在忙些什麼？」

方成趕忙說：「媽媽在廣場Mipaliw[5]。」

「那先請媽媽回來。」

方成一溜煙地出去了。

「老師請坐，我拿個飲料給你。」

周先生遞給我一罐可樂，我說：「謝謝。」接著問：「周先生，我沿路坐車過來，幾乎都在舉辦豐年祭。」

「你就叫我周大哥好了。周先生，我聽了怪不習慣的。」周大哥爽朗地笑了，「呵呵！」

「好，周大哥。」

他接著說明，「每一年差不多就是這個時候在辦豐年祭，但是各部落的時間不同。」周大哥拿出一顆檳榔，用刀子將檳榔切開分邊，抹上一點石灰，用荖葉包好，嚼了起來，「明

5 阿美族語「互助」的意思。阿美族族人開墾、建築、生產糧食時，互相緊密的合作關係。

天歡迎你參加我們的豐年祭。」

我心中早就期待著，「那真是太感謝你了。」

一個女子在屋外喊：「周榮樺，方成的老師呢？」方成笑臉盈盈在一旁站著，我心想應該是方成的媽媽。

周大哥說：「在這裡。」

「哎呀，這麼年輕的老師。」方成的母親紮了馬尾，穿著運動服，臉上包著面巾，拿下之後是一張在陽光下流著汗水，紅潤的面容。

「大嫂妳好，不好意思，打擾你們了。」

「你太客氣了，我要謝謝你教我們阿成，他如果不聽話，你就好好教訓他。」

方成笑著大聲回說：「我在學校很乖的。」

「方成在學校表現很好，你們放心。」

這時有位老先生進到了曬穀場，大聲地嚷嚷。老先生滿頭寸把長的白髮，猶如鋼刷一般，他含著一管竹製的菸斗，笑時臉上的皺紋像是一波波的水紋。

我對他點頭微笑。

方成對老先生大聲地說：「他是我的老師。」

老先生用熱忱的雙手握住我的手，我感覺到那節節瘤瘤的雙手十分粗糙，老先生用生硬的國語說：「你好！你好！」接著說阿美族語，然後呵呵地笑著。

方成為我介紹老先生，「他是我的舅公，有重聽，不太會講國語，我的表姨媽生了女孩，今天晚上舅公要給他取名子，要我們過去祝福他們。他特別請老師也過去。」

周大嫂說：「是啊，你留下來看看吧！」

「謝謝你們。」

接著他們用族語交談，我一句也聽不懂，周大哥要方成帶我到附近看看。

我好奇地問方成：「你剛才說的Mipaliw是什麼意思？」

「哇！老師好厲害，發音很準耶！那是一種相互幫助的行為，如果親友遇到一些重要的工作，需要人手幫忙，我們就會主動幫忙。明天要豐年祭在舅舅家的廣場舉行，媽媽在那兒幫忙著整地。」

「如果是自己居家的整建，也會Mipaliw嗎？」

「整地、蓋房子，大家都會去Mipaliw啊！」

「有沒有酬勞呢？」

「當然是沒有酬勞的啊！因為我們有一天也會需要別人的幫助，大家就互相呀！」

方成的回答，頓時使我感到赧然。

我們走到沙灘，聽著陣陣海浪拍岸，紅紅的夕陽正慢慢落在山的一端，滿天霞紅。我們踅到方成家裡，這時在客廳，有一位女孩躺在輪椅上，手指頭變形萎縮。女孩的眼神渙散，不知道在看何處？

阿成蹲著與女孩講話：「阿琪，我的老師來了。」

方成介紹看護，她來自越南，名叫「阿柑」。我同阿柑點點頭，微微一笑。

方成說：「阿琪是我的姊姊，在臺北讀書時，騎車發生車禍，成了植物人。」

周大嫂來到客廳，溫柔地摸摸阿琪的頭說：「阿琪，弟弟的老師來到家裡。」

周大嫂對我們說：「可以準備過去了，方成記得帶老師過去，我先去舅公家。」方成說：「好。」

周大嫂離開後，我問方成：「姊姊是什麼時候發生意外的？」

「五年前。」

「有一段時間了。」

「嗯，那時我們家幾乎都是以淚洗面。」

「爸爸、媽媽很辛苦了喔？」

「那一陣子，他們幾乎崩潰了。」

「如果是發生在一般人身上，絕對是難以忍受，爸爸、媽媽是怎麼走過來的呢？」

「我以我的父母為榮，這件事並未打倒他們。剛從臺北回來時，整個部落幾乎動員起來陪著父母，為我們打氣。」

霞紅漸漸消失，黑色慢慢浸染，大地一點一點地遁入黑暗。周大哥在曬穀場喊：「方成我們要過去了喔！」

「好，我知道了。老師，我們走吧。」

我們離開時，天空完全暗了，晚風帶來了陣陣的清涼。

舅公家中的曬穀場上，黃澄的燈光照著一群在忙碌的婦女，有說有笑地準備晚餐，廣場上飄著柴火味、飯香、菜香。

屋內擠滿了人，舅公身著傳統的服裝，一位少婦抱著襁褓中的嬰孩坐在中間。我站在方成的後面，擔心會不會因為我是方成的老師，大家將目光投在我的身上？看來我是多慮了。

我看著年輕人忙著架桌，搬椅子，不一會兒，在廣場上就擺設好八張紅色的圓桌。開始上菜，用白鋁菜碗裝著一鍋一鍋的菜。舅公笑著請大家就坐。

少婦抱著孩子坐在主桌，先生是坐在右邊，左邊是空著的。

方成說那是留給嬰兒的，代表舅公家裡面多了一位家人。

周大哥帶領著大家低著頭禱告，說的是族語。最後，眾人齊說：「阿們！」

方成低語，「剛才爸爸說希望上帝能賜福這個孩子。」

這時舅公突然站起來，拿起一塊包好Siraw，遞給了嬰兒，大聲地說阿美族語，方成翻譯，「舅公說：『請問這一位小姐叫什麼名子？』」

小孩的爸爸說：「Nikar。」

「Nikar是黎明的意思，那是我舅婆的族名。」

在舅公旁邊的老太太，我想她應該是舅婆吧，她大聲說話，眾人也紛紛表示出讚嘆的語氣。

「說話的那一位是我的舅婆，她說：『Nikar真是美麗的名字。』大家也跟著讚美。」

舅公又說話了。

「舅公說：『Nikar這是妳的Siraw，歡迎你加入我們的家族。』」

Nikar的媽媽說：「謝謝。」收下了Siraw。

周大哥領著眾人禱告，他用國語說：「我們在天上的父，我們感謝祢，我們讚美祢，一天的工作已經結束。我們感謝祢賜給我們平安，順利，以及豐盛的晚餐，使得我們得以飽食。請祢也賜給我們能力辦好今年的豐年祭。以上的禱告是奉主耶穌的名求的，阿們！」

眾人齊說：「阿們！」

周大哥接著說阿美族語，語畢，眾人的眼光投向我。周大哥改用國語介紹：「這位是方成的老師，請大家鼓勵一下。」響起一片掌聲。

我不好意思地站起來點頭回禮。

晚宴，每一桌放著一鍋糯米飯、山蘇菜炒豬肉、小苦瓜、地瓜葉、魚湯，還有烤豬肉。

周大嫂說：「這個烤豬肉是舅公家作的Siraw，以前沒有電冰箱，豬殺了之後，就用粗鹽抹在肉上，放到陶罐，再加上米酒，醃個幾天之後，就可以吃了。老師，你要不要吃一塊不加烤肉醬的Siraw。」

Siraw烤得黃澄澄的，十分香酥，我的味蕾早已打開了，我挾起一塊，細細咀嚼，平時被醬料慣壞的舌頭，這一回嚐到了屬於豬肉的自然原味。於是我又挾了第二塊，「味道真好，沒想到沒有塗上烤肉醬也是這麼好吃。」

那頓晚飯吃得賓主盡歡。

餐後，桌椅挪開。眾人坐成一個圈，圍在廣場，唱起歌兒了，或男唱，或女唱，音調時而高亢，時而低沉。方成表示，明天就是豐年祭了，為了培養體力，今晚大家就不跳舞了。

有一位年輕人開始繞著人圈逐一敬酒，對於年紀大的老年人，他的左手提米酒，左腳曲膝，右腳單跪，右手拿著酒杯，恭恭敬敬地呈酒，並大喊一聲。方成告訴我，他喊的是——「長老請喝。」

輪到了周大哥那兒，那位年輕人敬酒時，右腳沒有單跪，只是彎曲。方成說：「這是對中年人敬酒的方式。」

我坐在方成旁邊，他與方成是屬於平輩，只有雙膝略彎。方成對那位年輕人介紹我：「這位是我的老師。」驀地，他以對周大哥呈酒的方式，送上一杯酒給我。

我嚇了一跳。

方成笑說：「老師你一定要喝。」

我端起酒杯一飲而盡。

在眾人的勸酒聲中，一杯接著一杯，不勝酒力的我，迷迷糊糊地醉倒在悠揚的歌聲中。

隔天一早，吃完早餐，開始豐年祭的活動。

方成帶我到海邊。海面上映著七月的烈日，閃耀著點點陽光。

一群穿著族服的年輕人將一頭黑毛豬扛到了海灘，準備在溪的出海口處殺豬，豬不斷地嚎叫，這群阿美族青年專注地殺著這頭黑毛豬，直到豬隻不再亂動。接著用瓦斯噴燈，將豬毛燒去，解體分割，據方成表示：「豬肉必須按族人的地位一包一包分好。」

午飯過後，方成就不再陪我了。

他穿上禮服，開始跳舞。

這些年輕人交錯著雙手牽著他人的手圍成人圈，有時人圈會接成一個圓，有時有會切成好幾段……這群阿美族的青年們，時而大力踱步，時而交叉前進，時而歡呼快跑。方成穿上一條短褲，光著上身，露出堅實的肌肉與緊繃的腹肌。頭戴羽毛彩帽，身肩彩帶，在陽光的照耀下，方成揮灑汗水讓古胴的肌膚亮了起來，他的臉上耀過一抹驕傲的神采。

夜晚，月亮高掛，海面映出銀白月光，浪花陣陣。廣場中央生起了篝火，紅光熒熒，這群阿美族舞者又繼續跳舞，準備迎接祖靈降臨。

一群男子圍成兩個圓圈，內圈是頭目與長老組成的。迎靈時，頭目與部落長老吟唱Ho-ha-hay神聖的祭歌。我搭車前來經過其他部落時，幾乎都會聽見這些個音，方成告訴我那是對祖靈的召喚。在外圈是年輕人，代表對年長者無限的尊崇。

此時部落的女子與兒童只能在場外觀看，不得進入。方成舞到半夜，才下來休息。晚上我們睡在同一個房間。方成興奮地睡不著，族裡的長老直誇他跳得很好。方成接著講，第二天是迎靈祭，婦女、親人與幼童可以一起參加跳舞，但是不可以隨意進入最內圈。第三天是招待貴賓，歡迎貴賓下場同樂。第四天則是重頭戲——情人之夜，是部落男女表達情意的時刻。

方成解釋，「阿美族是母系社會，女生主動挑選男生，女生若遇到喜歡的對象，可以向前拉男生身上背的情人袋，若男生也喜歡這位女生，就將情人袋遞給女生背。」

「方成，你有準備情人袋嗎？」

方成笑笑回應：「我才不想這麼早交女朋友。」

方成告訴我許多阿美族的典故，還有他熱愛原舞的原因。難怪在豐年祭的各種祭舞時，他是如此的專注。他說豐年祭的舞蹈只是原舞的一部分，他參加原舞社，就想有一天能夠參加全國性的比賽，為族人爭光。

那晚我們聊到快天亮時才瞇眼入睡，但沒多久就起床了。

我因為還有暑期輔導的課程，豐年祭無法全程參加，提早回來上課了。

暑假結束後，方成升了二年級，擔任原舞社副社長，原本上課很用心的方成，卻經常打瞌睡。我問了負責原舞的孫老師，「是不是因為跳舞的關係，讓方成精神不濟？」。

孫老師說：「應該不是吧！方成負責編舞，會比較忙一點，但是剛開學並沒有演出或是比賽，目前沒有密集的訓練。」

我問舍監，「方成住在校舍，晚上作息是否正常？」

舍監說：「每逢週一、週三，他會請假外出。」

「他請假去那兒呢？」

舍監查了一下方成的假單，「假單的請假事由……寫『跳舞』。」

「跳舞？」
「是的，是寫跳舞。」
我暗生疑慮，「方成是學什麼舞呀？」我向舍監說：「麻煩你注意他晚上的作息，他最近上課經常打瞌睡。」
我離開了宿舍。午休時，我請方成到辦公室。
「方成，你坐！」方成應聲坐下。
「你知道老師請你過來談話的原因嗎？」
方成怯怯說：「是因為我最近上課常打瞌睡吧！」
「嗯。可以告訴我發生什麼事嗎？」
「我……我……」方成頭低著。
「是什麼原因呢？」
「我晚上去學跳舞。」
「你學什麼舞呢？」
方成抬頭看著我，「老師，我告訴你……你能不能不要跟我父母講？」
我心頭一怔，「你父母知道後會怎樣呢？」
「他們會反對。」
「你對跳舞很感興趣，他們不是也支持你跳舞嗎？」
「那是原舞。可是我現在學的是……」講到這兒，方成噤口了。
我笑笑說：「可見你現在學的舞蹈，他們是有意見的。」
「所以請老師千萬不要和我的父母講。」

「你先說看看，我們再想想看有什麼法子？可以顧及到大家的感受。」

方成遲疑了一會兒，「我學的是肚皮舞。」

「肚皮舞！」我腦海中，頓時浮出一位胖子露出大大的肚皮，肚皮上畫著一張臉，隨著音樂在擠眉弄眼。我的臉上堆滿了困惑，這與豐年祭中充滿熱力的原舞實在搭不上調。

「你怎麼想到要學這個舞呢？」

「老師，你可能把肚皮舞聯想到一個胖子頭上罩著一頂大帽子，在眼睛的地方挖兩個小洞，把乳房繪成眼，又在圓圓的肚子畫上鼻子與大嘴。」

方成猜中我心中的想法，頓時我感到不好意思，「對不起！老師在這一方面不太瞭解。」

「這是一般人對肚皮舞的誤解。肚皮舞是中東的傳統舞蹈，是婦女向天神祈求生育的一種舞蹈。在跳肚皮舞時，會用到腹部的肌肉，快速擺動身體，就像是波浪一樣，後來才逐漸演變成娛樂性的肚皮舞……也就是你經常看到的那一種。」

「這麼說肚皮舞應該是以女生為主？」

「沒錯，肚皮舞是非常女性的舞蹈。我觀察了很久，肚皮舞的特質是胸部、臂部、腹部配合快速的音樂節奏，在平滑地板上，舞出優雅、感性與神祕的感覺。」

「是什麼原因讓你想要學肚皮舞呢？」

「肚皮舞的擺動就像是大海的波浪，還可以舞出夜晚的旖旎，也可以舞出狂風中的粗獷。就像是我流著原住民血一樣，有狂野，有溫柔。當然學這個舞蹈，也有我的夢想，我希望有一天，能夠在族人的原舞中，加入肚皮舞的元素，融合成一種新的舞蹈，開拓出原舞的新的視界。」

我微笑地說：「我聽到你很清楚你要的是什麼，老師為你感到高興。你要如何完成你的目標呢？」

方成深邃的眼眸閃過一抹自信的光采。

「老師，你放心，學期才剛開始，我還在調適中。我不會耽誤到功課的，我也會和孫老師談看看在原舞的表演中能不能加入肚皮舞？」

「孫老師是很開明的人，可以和他討論。老師擔心的是你父母意見？」

「唉！」談到父母，方成嘆了一口氣。

「聽你的口氣，似乎父母有他們自個兒的想法。」

「他們不希望我跳舞，他們認為跳舞只能做為興趣。」

「父母的想法是什麼？」

「他們認為原住民學生考大學可以加分，希望我以後做律師。」

「看來父母親與你的想法是有落差的，如果你希望完成你的理想，你要怎麼做呢？」

「我……我不知道，我怕他們會反對……但是我想……我還是要與他們『溝通』。」

「這很好啊！我問你，在與父母溝通之前，你要做那些事情呢？」

方成沉默了一會兒說：「必須先將功課顧好，再兼顧到我學肚皮舞的事，等到機會的來時，我再說出來。」

「我想你已經知道你要怎麼做了，大前提是你必須要調整自我的時間，使得跳舞與讀書可以兼顧，這個做到了才能與孫老師提出你的看法。接著再與父母親談。」

方成點點頭。

「記住『天助自助者』，先把課業顧好，如果一切都可以了，必要時我也會同你的父母說這件事，好不好呢？」
方成猛點頭，喜孜孜地離開了辦公室。
那一陣子，方成上課用心聽講，每逢星期一、三還是會到校外學舞，他給自己一個期許，希望能在第一次段考獲得理想的成績。
舍監說：「方成看書會看到午夜十二點，早上五點起床又接著看。」
「這樣子，方成吃得消嗎？體力是否過於勞累？」
舍監笑著說：「沒問題。」
在考試前一個星期，教官告訴我方成與室友李進強打架。
我很訝異，「怎麼會呢？他們兩人的感情很好啊！」
教官說明了事件的原委——昨晚舍監請假，教官進駐宿舍。事情發生在寢室自習時，李進強表示：「原住民考試，五十分就及格了，那裡像我們讀的要死要活的。」
方成聽到後反駁，「我每一項考試都是自己用心在讀的，也沒有任何一科落在及格邊緣。」
李進強帶著酸意說：「平平都是學生，這根本就是一國兩制，為什麼考試原住民同學一定要加分？結果上課睡覺的睡覺，愛玩的人每天在玩。」
兩個人越吵越激烈，最後就打了起來。
我找方成和進強到輔導室。他們低著頭坐在我的面前。
「你們兩位都是室友，是什麼原因讓你們打架？」
兩人沉默不語。
「進強你說？」

進強囁嚅不安，「是……是他先打我的。」

「嗯。然後呢？」

方成說：「他罵我們原住民？」

我問：「進強，你罵方成嗎？」

「我沒有罵方成，我只是講原住民考試有加分，對我們漢人有一點不公平。」

「繼續說？」

「我與方成平時感情很好，只是升到二年級課業壓力大……一時間我想到原住民學期成績的及格分數是五十分，就批評了原住民。」

「方成，昨晚你聽見他批評原住民，你的感受如何？」

「當時很不爽，不過動手後，我覺得很後悔，畢竟我們是很好的朋友。」

我對方成說：「再多說一點你的想法。」

「當下，我很不高興。我在學校這麼努力讀書，每一科的成績都是在九十分以上，進強一竿子打翻一條船，我覺得不公平。沒錯，我們的族人有一些表現很不理想，但是表現積極的人也大有人在呀！大家就看不見他們的努力嗎？」

「進強，你說說你的看法？」

「我昨天太衝動了，老師……」

進強欲言又止。

「我感覺你有話要說。」

「我……我認為保護少數民族是對的，但如果過分的保護，以致大家不願意去努力，我們可能要進一步的思考了，是不是在保護之下，也要激勵原住民的朋友？」

我點點頭：「嗯。方成你聽了進強的想法，說說你的想法？」

「我同意他的看法。這也是我的夢想，我希望有一天也能夠收起這些保護傘，憑著我自己的努力，完成我的理想。」

我說：「美國人權運動家金恩博士，曾發表過一篇著名的演講——I have a dream，我有一個夢想。」進強說：「英文老師在課外補充時介紹過。」我微笑著說：「金恩說希望有一天人們可以用人格、品行來評斷他的孩子，而不是用膚色。同樣地，老師也要說希望有一日我們能夠用品德來評斷一個人，而非他的族群，知道嗎？」

兩人回答：「知道。」

晤談後，兩個人離開輔導室。透過了窗子，看著他們的背影，這倆人又恢復了原有的交談，嬉嬉鬧鬧消失在長廊的轉角。

月考結束了。方成的成績是全班第三名。進強跑來我這兒，與我聊天時說到：「老師，方成真的很厲害，他除了要練原舞，又要練肚皮舞，而且功課又名列前茅。」

「對啊！你們現在又成了好朋友了吧！」

「嗯，他上次還在班上跳肚皮舞，露了一手給我們看，超酷的。孫老師也同意他的想法，他開始積極的編舞了。」

「是嗎？」

「嗯！可是方成最近老是悶悶不樂，周媽媽似乎反對他跳肚皮舞。老師可能要開導方成了。」

「謝謝你，我知道了。」

我找方成談了。從談話中，我瞭解到周大哥對於方成是沒有意見的，不過周大哥仍然希望他能夠將跳舞當作是興趣，不要當作主業。

最大的阻力是來自於周大嫂。

原來這一切是與方成的姊姊——阿琪有關。

方成娓娓道出其中的故事。

阿琪高中畢業後，在臺北讀書，學的是舞蹈，熱衷於肚皮舞，在一次的比賽中，她為了趕場練習，騎機車發生了車禍，成了植物人。當聽見方成說要跳肚皮舞時，周大嫂便堅決的反對了，任憑誰的勸說都沒用。

方成說：「老師，我該怎麼辦呢？爸爸已經答應了，我不瞭解媽媽為什麼一直反對？」一時間，我也不知道如何是好？我遲疑了一會兒，我說：「方成，你在意媽媽的態度，所以會難以抉擇。好在你跳舞的事情，爸爸原則上是同意的，但是夾在中間的滋味確實不好受。這段時間，你是怎麼走過來的？」

「我……」方成眼眶泛紅，「我只是想完成姊姊的理想，這股動力是支撐我的力量。」

「怎麼說呢？」

「姊姊，當初學跳舞時，就希望能將原住民舞蹈注入新的元素，才想到要加進肚皮舞，結果無法如願……我只是想要完成她的心願。」

「你現在想怎麼做呢？」

「我也不知道，為了跳舞父母吵了很多次，我真的不知道該怎麼辦！我可以不在乎別人的看法，但是我在乎父母的感受。」

我堅決地說：「那就做出成績給父母親看看，你上次說你的舞劇已經編好了，媽媽的不諒解是因為還沒走出來，這不能埋怨她，我們要用事實來證明。」

我鼓勵方成，「孫老師說十二月的原舞競賽馬上就要開始了，方成你要加油了。」

方成點點頭，離開了輔導室。

時序邁入了秋季，臺東十月下旬的天氣有些涼意了，吹起沙塵，霧茫茫的一片。我不曉得這樣說，對這一位年輕人是不是有激勵的效果？但是周大哥是贊成的，方成也有心要完成自己的理想。周大嫂那裡，我想就等方成做出成績給她看看，使她瞭解阿琪的事是與肚皮舞無關，也才能走出自我的非理性想法。我看著桌上的因為風吹沙落下的微塵，心想如果不花點時間清理，只會愈積愈多……只有清了這些大千微塵，才能明心見性呀！

原舞的集訓已到了緊鑼密鼓的階段。每天第七節課原舞社學生一律請公假專職練舞，校園內傳來陣陣的木杵——剁——剁——剁的聲響與響徹雲霄的歌聲，我特別利用了放學後的時間去看原舞學生的練習。在籃球場上，一群原舞學生正在練習著插秧，彎腰將秧苗插入田中，每插一株，就後退一步，接著是收割，再來是豐年祭，豐富的肢體語言，舞出務農的辛勞與慶典的歡樂。

轉到禮堂，我看見方成正努力地跳肚皮舞，腰上附加流蘇與發出聲響的銅片，使肩膀和胸口的律動更加明顯，如大海一般。我沒有干擾他們的練習，靜靜地離開，回到辦公室。

同事說：「方成的媽媽來電，表示晚上七點會到學校來。」

我點點頭，「謝謝，我知道了。」

我看見桌上又染上了細微的沙塵，我洗了一張抹布，細心地將桌子擦淨了。心想：「得好好地溝通了。」

火紅的夕陽，正緩緩地落在青山裡。

我與方成在輔導室等著他的父母。七點一到，周大哥與周大嫂依約前來。

「周大哥、周大嫂，你們好，請坐。」

「方成，為父母親倒一杯水。」方成走出辦公室到飲水機旁倒了兩杯溫開水。

周大嫂直接說：「老師，我希望方成停止跳肚皮舞。」

我緩緩地說：「大嫂，方成在這方面投下了許多的精神，如果他退出，對他來講會是一個遺憾。」

周大哥說：「我們支持他跳原舞，但是跳肚皮舞，方成的媽媽是有一點意見。」

「大嫂，可以說一說原因嗎？」

「方成的姊姊原本是主修舞蹈，當初我也支持她，結果為了練舞現在變成了植物人……」

方成打斷了周大嫂，「媽，不是這樣子的，姊姊是因為比賽前一天騎車不小心碰到頭，她覺得沒有大傷，急著比賽，沒有留院觀察，在比賽時昏倒。醫生檢查是顱內出血，緊急開刀，命是救回來了，卻成了植物人……」方成略帶情緒回應，「媽，這與跳舞是兩碼事。」

周大嫂激動地流下淚水，「你懂什麼，當初我不讓姊姊去念舞蹈，就不會發生這些事情了。」

周大哥怒斥，「方成不行這樣對媽媽講話。」

周大嫂繼續說：「我常常想是不是我做錯了什麼？我一直不去想這件事，可是一旦有人提起，我就會自責、難過……當初為什麼要她學跳舞？而你也要像姊姊一樣學肚皮舞。」

方成吼道：「你們為什麼要這樣對我？我愛姊姊，她變成了植物人，我內心也很難過。從小我們就是無話不說，我記得她在學肚皮舞的時候，她說：『方成，有一天我要編一個原住民的舞劇，我要在裡面加上肚皮舞的舞蹈。』我只不過是要完成她的理想。我在乎您們，做一個原住民，我不斷的努力，可是我總覺得您們都聽不進我的想法……」方成講完後，開始低聲啜泣。

氣氛陷入了僵局。

我說：「現在大家情緒有些激動，我們先冷靜一下。」

我拿了面紙分別遞給了周大嫂與方成。

我說：「周大嫂這些年來好辛苦，照顧著阿琪，又要擔心方成。」

周大嫂流著淚水，「我就這麼一個女兒，我很不甘心，聽見方成又要學肚皮舞時，我真的好害怕……好害怕意外會不會再度降臨？」

周大哥也說：「方成，媽媽這些年一直都在自責。」周大哥欲言又止。

我說：「周大哥，你想要說什麼？」

周大哥說：「我們是不是該放下心中的石頭了？」

我對著周大嫂說：「大嫂，周大哥心疼你的感受，他也感受到妳的後悔、難過。」

周大嫂說：「我一直告訴自己要走出去，只是我一想起來……」

方成緩聲說：「爸、媽，當初我抱怨為什麼是姊姊發生意外？爸爸說他也不知道，只說：『上帝有祂的旨意』。爸爸說這句話時，我一直不懂，現在我才慢慢瞭解。」

我對方成說：「方成，可以說說你的看法？」

「在我心中，你們就是我的守護者，你們有虔誠的信仰，為我豎立了典範。從姊姊的事情中，我看見你們心中的難過，也看見你們的努力。從這件事情中，我瞭解到自己的生命意義，我努力地去完成姊姊的夢想。姊姊已經如此，再傷心也喚不回，一粒麥子落在地上，如果可以生出更多的麥子，這就值得了。Kacaw是我的族名，等我長大，換我守護著你們，守護姊姊，守護我們原住民。」

方成說完後淚流滿面緊緊抱住媽媽，周大哥在一旁悄然拭淚。

我轉頭看了窗外，一輪明月正高掛天際。

臺東縣原住民舞蹈比賽前一週的星期三下午，全校師生集合在禮堂。這是原舞社比賽前在學校的唯一演出。校長在臺上致詞：「各位同學。原住民舞蹈社即將在下個月初參加臺東縣的競賽，這一次的原舞表演是由同學自行編舞、編曲，我們祝福他們，全體同學要為原舞同學加油打氣，希望他們能夠為學校爭取到榮譽。謝謝大家！」熱烈的掌聲響起。

我的眼角餘光，看見有人推著輪椅進到禮堂，我轉頭看，原來是周大哥、周大嫂推著阿琪進到會場。

我前去與他們打招呼，同周大哥握了手，「你們來了，我找個位置給你們坐。」

周大哥說：「不了，我們是帶阿琪來看他弟弟跳舞的。坐著反而不好照顧。」

舞臺上已經開始表演了。

禮堂的學生鼓掌叫好！

周大嫂柔聲對著阿琪說：「阿琪，這是弟弟——Kacaw編的舞劇喔！他將原舞與肚皮舞結合在一起。你看……插秧、收割，現在在表演豐年祭，惡靈出現了，收走族人的靈魂。不想被收買的人居住在野外，Kacaw是離家的勇士，他回來後發現了這些事，與在野外生活的族人一起團結，祈求祖靈的降臨，賜給Kacaw和族人力量對抗惡靈……Kacaw跳的正是肚皮舞。」

激昂的阿美族歌聲響遍了整個禮堂。

原舞者的動作正吸引阿琪。阿琪的渙散的眼神慢慢專注起來，直視著舞臺，揚起一抹微笑……

# 阿良

我約了阿良在櫻花樹下會談，靜候警衛帶阿良過來。

樹下有石桌、石椅。從這兒可以看到白雲，青山，還有水流湍急的小溪，再遠一點可以眺望大海。春天了，前幾天還在陰雨綿綿，今天卻是個難得的晴天，風和日暖，溫度宜人。

晨會，護理師報告：「阿良又感覺有殭屍出現了。」醫師請心理師介入晤談，於是轉到我這兒了。

我閱覽阿良的病歷，阿良是原住民阿美族，在病房住了一年，他是法院強制治療的個案，犯「殺父」的案子。阿良屬於刑前治療，等出院後才入監服刑。阿良的診斷為妄想型思覺失調症、焦慮、恐慌。思覺失調症以前稱為精神分裂症，為了要避免污名化，改成思覺失調症，簡單的來說就是思考、認知、行為、情緒有障礙，與現實脫節。阿良在入院後沒多久就出現殭屍了，變得焦慮不安。醫療上給予的協助，一方面是藥物控制，另一方面則是轉介給心理師，以心理諮商的方式降低焦慮。

記得第一次見到阿良時是在下午，護理師告訴阿良：「阿良，心理師要和你會談。」

阿良進到會談室，不安地坐下來，我細看他，臉是黑的，有抓傷。那種黑不是日曬的黑，而皮膚深層的黑，給人陰沉的感覺。

阿良主動問我：「你是檢察官嗎？我能不能出院了？」

我微笑回答：「我是心理師，不是檢察官。」

阿良浮現失望的神情。

建立關係後，得到阿良的信任，我問了關於殭屍的事。阿良回應：「殭屍是在我住院後才有的。每天下午四、五點出現，晚上我睡覺時，會抓我的臉和腳。」

我看到阿良的腳有抓傷，「就是這些傷痕嗎？是你抓的嗎？」

「因為殭屍在搔癢，所以我就用力抓癢。」
我看牆上的鐘，指著四點半，「殭屍出現了嗎？」
阿良微微不安地看著晤談室的門，「就在門口。」
「他是什麼模樣呀？」
「年紀很大了，是老人家，Pangcah[6]。」
「Pangcah的意思是什麼？」
「和我同族的，Amis。」
我聽Amis音近阿美，我猜想指的是阿美族，「是指阿美族嗎？」
阿良點點頭，「是的。」
「你知道殭屍是誰嗎？」
阿良搖搖頭，「我不知道。」
「殭屍會進來嗎？」
「不會，因為你在，他不敢進來。」
「殭屍出現時，阿良的感覺是什麼？」
「我會害怕。」我注意到阿良雙手微微地握拳。
我以溫暖的口吻說：「我在你的旁邊，還有害怕的感覺嗎？」
「比較好一點了。」

6 中文音譯「邦查」意思是指「人」或「同族」，也為「平坦臺地」和「居住在平坦臺地之人」。

「阿良，別擔心。我會教你一些克服害怕的放鬆方式。」我教阿良呼吸技巧，慢慢地放鬆肢體，並叮嚀：「阿良，當你害怕的時候，可以這樣做喔！」

「好。」

這是初次會談的情形。

回到當下，風輕柔地吹來，吹動了枝頭上的櫻花。原本不識花卉的我，自從醫院移址改建後，並且建了公園，在園內大量種植櫻花，春天一到各種不同的紅花開放，紅得太美麗了！我開始熟識這些花，桃紅的是昭和櫻，粉紅的是吉野櫻，還有鮮紅的平戶杜鵑。我看著這一片花景，驀地，腦子閃過一個想法，「我何不用等待阿良的時分，在手機上，Google網蒐阿良的案子。」

我滑動手機，輸入了有關阿良殺父的關鍵字。

出現了相關的報導——

**原住民——阿美族青年殺父**

男子護母心切，砍殺酗酒父，宣稱——我無悔！

（XX社記者X日電）二十三歲的X姓阿美族男子為保護母親，手持西瓜刀殺死家暴父親後遭羈押，街坊鄰居請求司法從輕發落。

X男幼時即目睹父親對母親家暴，在成長的過程中，常被酗酒的父親毆打，並聽聞父親經常磨刀恐嚇要殺母親，造成他的恐慌與害怕，疑似出現了精神上的疾病。

前一日晚間父親又酗酒，拿刀威脅，「我要砍斷你媽媽和你的脖子，殺了你們，大家一起同歸於盡。」X男憤而持殺西瓜刀連砍熟睡的父親數十刀，造成父親肚破腸流慘死。X男弒父後，由母親陪同，報警自首。X男強調：「我不後悔殺死那個男的，只有這樣才能保護媽媽。」

這個標題下得太聳動，給我很不舒服的感覺。尤其是強調特定族群——原住民、精神病，短短的幾字、幾句，就貼上了殺人，而且是殺父的標籤。我又看另一則報導——

**精障男狠心殺父，手段凶殘，毫無悔意**

（記者XXX／XX市報導）患精神分裂症病史的XX市X姓男子，是原住民，阿美族，昨天凌晨，竟以西瓜刀砍殺父親，犯案後由母親陪同自首，警察問訊時，阿美族的精障男無絲毫悔意。全案移地檢察署偵辦，檢查官向法院聲押獲准。

我瀏覽這則新聞，心裡嘀咕：「實在是毫無新聞專業素養，不是醫師，竟也下論斷，何況精神分裂症已經改為『思覺失調症』，這報導內容太糟了！」

看到這兩則新聞，我想到阿良的狀況，內心有些感慨，臺灣原住民約有五十三萬餘人，阿美族是最大的原住民族群，將近二十萬餘人，以花東平原作為傳統居住地，是漢化最早，最深的族群。「漢化」是很簡單的兩個字，可是在這個過程中，累積了各種大大小小的衝突，犧牲了許多原住民，與截斷原住民文化。阿良殺父案，是否也是漢化過程中激起的水花呢？

我突然覺得我想得有點遠了，阿良事件在當時是一件轟動的案子，主要是阿良曾經到我們醫院身心科就診，有思覺失調症的病史。該不該判重刑？在審理時引起了許多的討論，大多是圍繞在精神症狀打轉，只有極少數的媒體有留意到阿良家庭的社經地位及原住民的弱勢。後來法官採納精神科醫師的鑑定，在入監執刑前必須先住院治療。

我的思緒一直圍繞著阿良殺父的新聞打轉，似乎一股浪潮打來，將我拉進了不安的情緒波動裡。我知道我必須要整理心情了，我站在樹下，抬頭凝視朵朵櫻花，調整呼吸，緩和自我的情緒。

警衛帶阿良過來。我微笑歡迎，請阿良坐下。

午後時分，院內一片靜瑟，感覺上只有我和阿良。

阿良神情緊張，畢竟他一直待在病房裡。強制治療的身分，使得阿良只能透著窗戶看著外面的世界。這一次到戶外諮商會談，是與醫療團隊討論了許久，嘗試改變會談的環境，看看對阿良是否有幫助。

我引導著阿良放鬆、呼吸。好好地感受每一次呼吸，每一個放鬆。

「心理師，我好久沒有出來走走了。」

我給阿良一個溫暖的微笑，「是啊！我們就好好享受這段戶外時光。」阿良赧然地笑了，就像是鄰家的大男孩一樣。

阿良幽幽地說：「我沒有什麼童年。」他的眼光投射在遠方，「從小時候起，他就常常酗酒打媽媽和我。」阿良坦承非常的痛恨爸爸，一直想報仇，所以才殺了他。

我輕聲問道：「那天發生了什麼事情？」

阿良深深地吸一口氣，說出當天整個事情的經過。原來他們家是養豬的，那天因為豬受傷，爸爸大聲斥責阿良，「為什麼沒有好好地照顧豬？」

「我解釋了，但他喝醉了，聽不下去。他發酒瘋咒罵三字經，大罵我是無用的男人和媽媽一樣，比豬還不如，殺了豬還可以賣錢，而我們只會浪費他的糧食和錢。我實在是忍不住，就吵了起來。他開始打我，媽媽勸他不要這樣，他連媽媽也打，說：『要死，大家一起死。』媽媽被打倒，躺在地上，一動也不動，我很害怕。他嗆聲罵：『你給我小心一點，我連你一起殺。』接著他回房昏昏沉沉地睡去了。」

阿良頓了一會兒，接著說：「我扶媽媽上床休息，但心中的怒火無法平息，多年來的委屈一次爆發了。我拿了西瓜刀衝向那個可惡的人……」

「當時你在想什麼？」

阿良低頭看著落在地上的櫻花。

我回應：「若是說不出來，也不要緊。」

阿良回憶，「我那時感覺到胸悶，壓得我喘不過氣了，我很害怕，腦中都是他凌虐媽媽和我的畫面，我只想要活下去！我要活！我不能就這樣死了……」

我想像那個血腥畫面，我深深地呼吸，調整念頭，將阿良的敘說簡要回應，「阿良情緒失控，殺了爸爸。」

阿良點點頭。

午後的太陽，暖暖地照在阿良和我的身上，彼此無語。

過了一會兒，我打破沉默，「這件事情過了一段日子了，你也因為這件事被判刑，到目前會害怕嗎？有夢見過爸爸嗎？」

「不會害怕，也不曾夢過他。」阿良神情略顯焦慮地搓著手。

「阿良怎麼了？」

「殭屍又來了，就站在紅色的櫻花樹下。」

我看看手錶是四點半了。我順著阿良的視線，看著櫻花樹，只看見一朵一朵在風中顫動的櫻花和一片一片落在地面的櫻花瓣。

我引導阿良放鬆，呼吸，緩解不安的情緒，請警衛將阿良帶回病房。

我回去後，思考原住民、精神病症、酗酒、家暴、弱勢；阿良的爸爸遭遇到什麼？淪落到喝酒來麻痺自我；又為何阿良要殺他的爸爸，這裡面到底有什麼故事？我聯想到一九八六年的湯英伸事件，湯英伸是鄒族人，他的爸爸——湯保富當過阿里山鄉鄉長，叔公湯守仁為白色恐怖時期受難者。湯英伸原是師專四年級學生，因無法適應師範體制內的教育，休學後到臺北在洗衣店工作，將老闆夫婦、幼女以重物打擊頭部至死。湯英伸由哥哥陪同自首。當時新聞媒體多以「滅門血案」為題，強調這是一起引狼入室的悲劇，但事實卻在整個案情明朗後真相大白。湯英伸雖是自動投案卻仍被判死刑，執行槍決時他拒絕施打麻醉藥，他說：「自己罪有應得、所以必須接這個刑痛。」湯英伸用自己十九年的生命，拋出一個問號——「為什麼一名師專生，從部落到臺北之後，只在臺北過了九天，就變成了殺人的凶嫌？」

同樣的問號，也在我內心中浮現：「阿良的家在社會系統中，到底發生了什麼事情，導致阿良要殺父？」

我伸個懶腰，動一動身體，到洗手間洗把臉，看著整容鏡中的我，我自語：「心理師呀！想太多了，一種人一種命，都牽扯到社會系統，這個層面太大，不是你一個小小的心理師可以處理的……還是想想怎樣降低阿良的焦慮吧！」

後來我採用藝術治療，讓阿良用各種不同的媒材創作，渲洩情緒，並畫出他心中的不安。阿良原本排斥畫畫，「我不會畫畫，以前都是媽媽教我畫的。」經過再三鼓勵與引導，阿良喜歡上塗鴉的感覺，其中有一幅是與殭屍有關。

畫中呈現一間破損的草屋，屋前有個驚恐的小男孩，屋子旁長了一株毫無生機的枯樹，樹旁站了一位老先生，滿臉皺紋，十分兇狠。

我細細地端詳了這幅畫，心頭浮出一些異樣，我請阿良看圖說故事。

「小男孩要趕快躲進到屋子裡面，老先生是殭屍……」

「阿良，你覺得你在那裡呢？」

阿良手指著驚恐的小男孩。

「小男孩是阿良嗎？」

阿良點點頭，「是我。」

「阿良，你感覺殭屍會做什麼事情呢？」

「想要帶走我。」

「你覺得他要帶小阿良去那兒呢？」

阿良思考了好久，臉上浮現恐懼，囁嚅聲微地說出老先生要帶阿良去的地方……

看著阿良的神情，我同理到阿良心中那股陰暗與害怕，我引導阿良呼吸放鬆，緩解情緒。

在藥物的控制與自我放鬆的訓練支持下，阿良的狀況改善了許多，殭屍出現的次數變少了，甚至阿良可以在病房內做些簡單的打掃工作，賺微薄的零用金。

兩週後，我看見有兩位中年婦女會見阿良，其中一位中年婦女緊緊握著阿良的手，眼神表露出許多不捨。

我問警衛：「這兩位婦女是誰？」

警衛瞟一眼，說：「是阿良的媽媽和他的阿姨。」
「他阿姨住那兒？」
「住在她們家附近呀！」
這時阿良不知道說了什麼？他媽媽哭了，阿良抱著她，似乎在安慰著。
「每回阿良媽媽來，都會這樣嗎？」
警衛習以為常地說：「每次都嘛是這樣！一定會抱著哭。」
看到阿良的母親與阿姨來會客，我想到了兩週前阿良畫的殭屍圖。我請警衛務必在她們會客結束後，留下她們。我趕忙地找出這幅畫來。
我記得那天是下午，我陪送阿良的媽媽和阿姨離院，邊走邊聊。
阿良的媽媽說：「阿良，其實是很乖的孩子，個性柔和，可是遇到了他爸爸，不知道怎麼搞的，他爸爸就是看他不順眼……」
「阿良曾經告訴我他沒有童年。」
阿良的媽媽說：「他爸爸的脾氣不好，會酗酒家暴，除了打我，還會打小孩，從小就開始了，阿良真的很命苦……我們倆就這樣相依為命，要不是因為阿良，我早就死了。」
阿姨忿忿不平，「從來沒有看過這樣子的男人，打小孩好像是在報復仇人一樣……」
我感受到阿姨的怒氣。阿姨繼續說：「有一次我姊姊帶著小孩躲在我家，他衝進來要帶人走，我說：『不行帶走！』他竟然連我也想打，還是我先生嗆他，他才作罷。」
阿良的母親告訴我：「其實阿良的爸爸過得也很苦，在部落的傳統，女性在家做飯，在外則做些非粗重的工作，男生是種田和種水果，通常一年或是半年才有收入。家裡面媽媽的權力就很大，父親就被壓抑著。」

我回應：「阿美族的社會是母性為主。」
阿良的母親點點頭，「可是，後來國民政府來了，就完全變了。」
「發生什麼事？」
「把家改成以男人為主，由男性當戶長，加上公賣局又把大量的米酒，以便宜的價格賣給原住民。」
我腦海浮起原住民好酒的刻板印象。
阿良的母親接著說：「本來只有慶典才喝的酒，變成每天喝；漢族又教育原住民男人要有擔當……所以打老婆、打小孩，就經常發生。男人在喝酒聊天時，還會比看看誰打得凶、打得多、打得狠。」
我內心訝異，「天呀！怎麼變成這個樣子？」
「我和阿良的爸爸是同個部落，他小時候就常常被打。結婚前他很痛恨暴力……」
我嘆了一口氣，「唉！沒想到還是步入了家暴的後塵。」
「讀書時，他常常被老師打，受不了，就跑了。我們結婚後，他到城市工作，平地人叫我們『番仔』、『山裡頭來的人』，他經常與平地人發生衝突，不是吵架，就是打架，幾乎每天喝酒，上癮了……老闆開除他，他只好回部落養豬。」
我聽了五味雜陳，「這個到底是個人因素？還是體制造成的？」我對阿良的母親說：「你們母子在這樣日子中，確實是不好過。」
阿良的母親語氣透著無奈，「是呀！之後他爸爸喝醉時，常常家暴。有一次，阿良還小，約是國小一年級，在家門口玩鄰居送給他的洋娃娃，被爸爸看見，他把洋娃娃燒了之後，竟然扒光了阿良的衣服，把阿良趕出家門……他在街上哭。」

我為阿良感到不捨，「這麼小，他當時一定很害怕的。」

阿良的母親說：「我急得像熱鍋上的螞蟻，找不到阿良，問他爸爸，他竟回應：『男生玩娃娃，長大後會像個男人嗎？整天就是哭哭哭……就讓他在外面，不准回來。』還好是鄰居收留了他。」

我腦海浮現年幼的阿良，一個小男孩，只因為喜歡玩娃娃，就被如此的對待……阿良的媽媽接著說：「鄰居都看不下去了，要我帶著孩子離開，可是我一個女人家，能做什麼呢？」

說著，說著，阿良的媽媽哭了。

阿姨遞了一張面紙給阿良的媽媽拭淚，「我真是替姊姊感到不捨，幸好有阿良陪著姊姊相依為命……」

我安慰他們，「沒有人願意發生這樣子的事情。發生了，遇到了，不管是誰，我相信他的心情一定都不好受。」

我想瞭解阿良在殺父前殭屍是否也出現過？「阿良，以前看過殭屍嗎？」

阿良的媽媽說：「阿良是會看到一些奇奇怪怪的東西，也會聽見有人說話，在這件事情之前，從沒聽他說過看到殭屍。」

我將阿良畫的圖，拿她們看，她們的神色頓時顯出訝異與恐懼。

至今我還記得，那時夕陽逐漸西沉，變成一個紅紅的火球，將天際薄薄的白雲染成血一般的彤雲，原本白色的大樓，成了紅色的大樓，也將阿良的母親和阿姨映成了一張驚惶的紅臉，阿良的畫在紅色的夕照下，透著一股詭異的氣息。

阿良的母親語氣顫抖，「阿……良……有沒有說什麼？」

我描述阿良的反應，「阿良畫完後，看這幅圖越看越害怕，他告訴我……」

阿姨突然打斷我的話，「啊！這……這就是……」

阿良的母親微微發抖，「這……這……個老人家就是他爸爸。這件事發生在阿良小時候，約四、五歲時，爸爸酒醉回家，看到阿良在屋外玩，阿良看見他急忙地跑回家找我，並將門反鎖。」

阿良的母親恐懼地說：「他爸爸在屋外怒罵阿良，並大聲咆哮——下地獄去吧！」

我心頭一震，想起我曾問過阿良知不知道殭屍是誰？阿良回應：「我不知道。」霎時，我理解了，「啊！原來殭屍是阿良的爸爸。」但阿良卻在意識層面，否認殭屍就是他的爸爸，按著佛洛伊德的說法，這完全被阿良壓到潛意識裡了。

火紅的夕陽，直照著我的眼睛，我左手遮著夕暉，傍晚的暖風吹動了我的白袍，身上的血直衝腦門，頭脹痛著。我深深地吸一口氣，緩緩放下左手，告訴她們：「當阿良畫完這幅畫，他告訴我：『心理師，殭屍要帶我下地獄！』」

夕陽將我們三人的影子拉得長長的，阿良的母親緊捏著畫紙，阿姨則是神情嚴肅地望著遠方，我感到頭痛，太陽穴直跳。我們三人彼此無語地佇立在血紅的世界裡。

白色大樓的療養院，日日夜夜伴著潺潺溪水，人活在悠悠歲月中，為時間編上序數，時間流走了，而數字卻在人的身上，刻畫上歲月的痕跡。這些年阿良常常獨自在陽臺，隔著鐵窗看著遠山，看著溪流，看著櫻花在枝頭綻放，看著櫻花在泥地凋零。北風起，南風吹，一年來，一年去，一切在無聲無息，不知不覺中溜走。

這些日子裡，阿良最常問：「我什麼時候可以回家？什麼時候才可以參加豐年祭？」

五年後，阿良還是常問：「我什麼時候可以回家？什麼時候才可以參加豐年祭？」

阿良似乎永遠聽不明白醫師的解釋，他是刑前治療，不是一般住院可以出院回家的。甚至，阿良只挑他自己願意聽的話來理解，活在自己的世界裡。

時間終於可以讓阿良如願離開這兒，但不是出院回家，而是要入監服刑了，展開另一段悠悠歲月。

這一回檢察官來到醫院，是最後一次探視阿良。

檢察官用官式的語調告訴他：「出院後，必須要入監服刑。」

阿良急切、焦慮地回應：「我要被關多久？我出獄的時是幾歲了？是不是很老了？我媽媽會不會死了？」

檢察官不願意聽他再說些什麼？告知阿良：「警察會先帶你到地檢署執行處報到，辦完程序後，就押送你進監獄，正式服刑。」

阿良情緒失控，雙手抓住檢察官大吼：「我病已經好了，我想回家，我要回家，我要回部落，我要看媽媽。為什麼我不能回家？我不要被關！我不要被關！」

警衛們見狀蜂擁而上約束阿良，護理師給阿良打了一針鎮定劑。

檢察官閃入護理站，草草問了精神科的專科護理師有關阿良的一些情形，心有餘悸地用酒精搓洗雙手，之後便迅速離開了。

殭屍重現了，這次來的又凶又猛，一直跟著阿良，不斷地搔他的癢處。醫師用了很強的藥，控制阿良的病情。此後，阿良常常感到疲憊、昏沉、沒有什麼精神，他已經無力再做打掃工作了。

阿良入監服刑前，病房開個案研討會。主治醫師、主責護理師報告阿良的狀況，我聽著、聽著，憶起了我與阿良在會談時的點點滴滴……

「心理師！心理師！」護理師的低呼，拉我回到會議中。

我知道他們想要詢問我的意見，我說：「阿良殺死父親，心中沒有害怕的感覺，可見阿良將害怕壓到潛意識裡。但是兒子殺死爸爸，畢竟是大逆不道，於是建構出殭屍。阿良判刑二十多年，再加上認知功能受到刺激，整個能力衰退了，他以為只是住院，等康復後，就可以回家。前一週，檢察官來告訴阿良實情，必須在治療後到監獄服刑，阿良心中承受不起，殭屍又出現了……」

阿良應該是要面對殺父的事實的，可是意識閃避了這個痛苦。我自問：「如果阿良直視這個事實與痛苦，承受該承受的一切，會不會改善他的身心狀況？」說實在的，我真的不知道！但這個不容於世的人倫的悲劇與巨大的痛苦，阿良不願意面對，而醫療體系也只是給予藥物處理殭屍。

深入探討，逼迫阿良殺死父親，是不是體制造成的呢？當原住民透過漢人的視角、文字看自己所處的世界，漢化就自然地發生了。在這個過程中，有文字的一方被認為是理性的，無文字的一方即是未開化的。於是衝突就內化到原住民的心靈，阿良的爸爸就是處在這樣的時代，國家制度取代了部落的文化，壓迫與剝削阿美族傳統男性的功能，自我的認同受到挑戰，甚至內化了對女性的歧視，加上社會競爭的不公平與失落，阿良的爸爸將憤怒和挫折感移轉到太太身上；而阿良則是反抗壓迫，為了要保護媽媽……

醫療團隊接著討論要如何處遇？其實我很想講出這些體制上的壓迫，最終我沒有講出來。因為，殺人的是阿良，而死的人是阿良的爸爸。國家賦予法官職權，依據法律判阿良有罪，可是只要一入罪，這事件背後複雜的成因，就完全簡化歸咎於犯法的那個人了。

我想講，但沒講，因為我告訴我自己：「講了也沒用，他們不會聽。」或者是我自己就是這個體制的一分子了。

在討論個案的過程中，各方的意見讓我整個思緒都糾結在一起了，感覺到我的心逐漸融進黑暗，掉入了黑洞，深不可測的黑洞裡有巨大的恐懼正在網羅……。

我覺察到我必須要轉化心境，於是我到了陽臺，天空裡沒有一片雲，溪水潺潺流著，遠方的青山依然蒼勁，好一個晴空萬里。我深呼吸一口氣，狠狠地享受陽光的明亮與溫暖。眺望遠方，大海是藍的，天空也是藍的。一整幅藍得不能再藍的風景畫。天連海，海連天

但我的心卻不能平靜，我似乎感染到阿良內心深層的恐懼，正在一圈、一圈地向外擴張。我的前方，約五步之遙，慢慢地出現一位透明的阿美族老先生，對我怒目而視說著一連串族語……

我想他就是殭屍……阿良的爸爸！

# 召喚

精神科晨會的教學，醫師主講兩個主題，一個是思覺失調症，另一個是創傷後壓力症（PTSD）[7]。講得口沫橫飛，欲罷不能。我提早離席，準備做個案心理諮商。手機突然震動，進來一封email，我點閱後，發現竟然是結案的個案拉藍寄的，我想起兩年前與拉藍之間的互動。

拉藍是門診醫師轉介給我的，心理諮商轉介單上記載——

> 「十八歲，思覺失調症患者，家住臺東都蘭。阿美族，高三生，在學校功課是前三名。平時住校，有幻聽，不規則服藥。」

我請教他的主治醫師，他進一步說明，拉藍約一年出現幻聽，嚴重時還有幻視，有一次教會的同工，也是ＸＸ機構的社工，和拉藍會談——

社工微笑說：「你現在的感覺是什麼？」

拉藍略帶怒意回應：「當你看見那些人時，會有什麼反應？」

「你說的人是指誰？」

「就是我看得見的人，而你卻看不見的人。」

---

7 創傷後壓力症（Posttraumatic stress disorder）意指實際發生或是未實際發生（但已造成威脅）的死亡事件，或是告成重大的身體傷害，其壓力超過個人心理狀態所能負荷，即可能產生適應不良的身心狀況。嚴重的話，甚至可能造成精神方面的疾患。

社工笑笑著，很有耐心，「能不能說說那個人的模樣？」

拉藍看著社工的後方許久，社工說：「怎麼了？」

「你……後方有一個女生……」

「她長的什麼樣子？」

拉藍定睛，說著她的模樣，結果發現社工的臉轉為慘白。

「你胡說些什麼？」

「我感應到她，她是你的女友。」

社工頓時驚住說：「她離世了。」

「這是拉藍說的。而且他爸爸強調，那位社工女友過世的事，社工並沒有和教會的教友提過。」醫師笑著，「他可以去算命了。」

「這麼說，他是高功能的思覺失調症。」

「是的，不過他常常不規則服藥。」

我心想他面臨到學測的壓力，應該是用藥的副作用讓身體不舒服，他才拒藥的。不過這是我的假設，實際狀況如何還得親自會談才知道。醫師的治療計畫，是希望心理諮商可以建立拉藍的病識感，讓拉藍按時服藥。

拉藍第一次會談時，給我的感覺是個陽光男孩，他很大方的分享他的家族。

「我的爸爸是牧師，媽媽是教會執事，有一個姊姊，目前在ＸＸ神學院唸碩士班……」

「阿公、阿媽在世嗎？」

「阿媽在我國小時過世了，只剩下阿公。」

「你和父母、阿公的關係如何？」

一般而言，有思覺失調症狀的孩子，不是器質性的原因，就是成長在高情緒張力的家庭，或是父母是極度嚴格管教，小孩子認知功能尚在發展中，為了求生存會創造了一個想像世界，在想像世界裡面是安全的，久了就習慣這樣的世界了，而這個世界是別人所不能理解的。

「很好呀！他們的管教是民主的方式。」

「喔！」我陷入沉思，「家裡面有沒有誰曾經歷過重大創傷？」

「你是說車禍嗎？」

「死亡事件。」我補充，「因自殺或殺人而死？」

拉藍側著頭，「阿公的爸爸……」

「曾祖父？」

「是的。」拉藍遲疑一會兒，接著說：「聽阿公講，他當過日本兵到南洋參戰過，好像殺過人……」

拉藍不語了。

「怎麼了？」

「阿公說……他自殺了。」

拉藍看了我一眼，「心理師，這是讓我生病的原因？」

「思覺失調症的成因很複雜，你怎麼看自己的狀況的？」

「其實也沒有什麼不好？剛開始會以為是別人在和我對話，後來才發現是不存在的人……久了，就習慣了。」

「所以你學著與症狀共同生活！」

「是的。」

拉藍會問我曾祖父的自殺是不是他生病的原因，顯示拉藍是有病識感的人。我接著問：

「阿公的工作是什麼？」

「現在沒有工作了。」

「之前呢？」

「Sikawasay[8]」拉藍說我聽不懂的族語。

我感到疑惑，「蛤！」。

「Sikawasay……是巫師。」

我並沒有在巫師著墨太深，我還是想回到正規的治療，接下來我轉到拉藍的生涯規畫，拉藍想讀理工，以後準備朝電機發展。

會談結束後。我回到辦公室，整理拉藍的家族圖，從他這代向上推三代。我在曾祖父旁註記戰爭、自殺；在祖父旁註記……我想著拉藍所說的族語——Sikawasay，要怎麼拼寫？想來想去我還是寫中文——巫師；父、母旁註記牧師、執事。用雙線條從拉藍畫到父母，表示和父母關係親近。這個家族似乎有些祕密，可能是代代相傳，到了拉藍這一代，後效才在拉藍的身上發生。

第二次會談時。拉藍談了許多阿公的事情，阿公叫法烙，但在拉藍的記憶中，阿公話不多，他本想將Sikawasay的技能傳給拉藍的爸爸，但爸爸拒絕了，當了牧師。

不過在這次會談中，拉藍透露，他不想吃藥的原因？「因為這樣的感覺很好，而我所幻

---

8 阿美族語Sikawasay，意思為「擁有神靈的人」。

聽到的是預知性的事物，可以來幫助人！」拉藍反問我：「心理師，你怎麼看有靈異體質和思覺失調症的關係的人？」

我沒有正面回答他。

會談結束後，我思索著靈異體質和思覺失調症的關係，想起某位思覺失調症個案，醫師的處遇下了很重的藥物，幻聽、幻覺消失了。這讓他鬱結了好久，整天都不說話，不吃飯、不喝水，關在房間裡，導致他憂鬱了。主要是當幻聽、幻覺時，他會看到他過世的女友，而且還能與女友對話；吃了藥之後，一切都消失。後來他藏藥，把藥丟到馬桶，過世女友的幻聽、幻覺又回來了。為此，我還將他的故事改寫成小說，小說最後的結論是幻聽、幻覺若是能讓個案快樂活著，我們到底要不要去除掉他的幻聽、幻覺？

嚴格說來，許多宗教上現象都符合思覺失調症的準則，可是這些人平時生活又很正常，如乩童的扶乩，還有基督教徒的說方言，他們可以流暢地說類似話語般的聲音，但發出的聲音是無法被人們理解的。

我和拉藍的諮商關係一直維持著，這段期間他按時回診拿藥。他有沒有服藥？我就不清楚了，我也沒有一直提醒他要吃藥。他是個聰明，而且是有能力的孩子，也許他能與思覺失調症和平共處。

後來，他考上了理想的大學，在學測完畢到大學新生報到這段期間，我們定期會談。

拉藍分享了一個夢，「心理師，這個夢境是有關戰爭的夢，一直是反覆出現，像電影一樣，連細節我都記起來了。」

那是第二次世界大戰末期，日本警察到都蘭部落招募高砂義勇軍。

阿美族的卡比參加了，入伍結訓後，隨軍到新幾內亞參戰，部隊中有卡比的好朋友——阿棟，他是臺東卑南族人。

新幾內亞的叢林廣闊，叢林外緣有一條巴砍溪，美軍就在溪的另岸紮營。

叢林戰非日軍擅長，日軍只要進去叢林，就分不清方向，若是天雨濕氣重，泥地會留下足跡；若是天氣清朗，視界良好則會讓日軍迷路，於是他們就在樹上作記號，經常暴露自己的行蹤。後來日軍長官嚴禁日本人單獨進到叢林內，若要進去，必須由高砂族陪同。

同樣的，美軍也不敢任意進到叢林裡面來。

叢林是高砂族的地盤，方向判斷、野外炊事難不倒卡比和阿棟，他們會摘鹽膚木的果實提供給日軍補充鹽分，避免中暑。日軍重視高砂族在叢林內求生的能力，不讓他們做軍伕，直接給他們武器，命令他們委身在叢林內，伺機襲擾美軍。

自美軍巨砲進駐後，旺盛的砲火造成日軍重大的傷亡，為了要通過叢林搜索美軍砲陣地的位置，日軍派出許多人前往偵察，都有去無回。後來，日軍選上卡比和阿棟，要他們穿越叢林，偵察美軍的砲陣地，同時日軍派了兩位砲兵觀測官同行，發現砲陣地立即回報座標方位，卡比和阿棟的任務就是保護這兩位觀測官，卡比負責警戒，阿棟負責通信，好讓觀測官正確回傳美軍砲陣地的位置，以利日軍的砲兵摧毀美軍的巨砲。

那晚，他們一行四個人祕密地潛入叢林。保持靜默，晝伏夜出，他們的眼力已經習慣黑暗，在微弱的月光下，便可前行。走了兩日，第三天的黎明，他們終於聽到的流水聲，巴砍溪到了。藉著微微的月光，卡比潛行到溪岸，覺得溪面十分寬闊，卡比向溪面丟了一顆石頭，迸出沉沉的聲音，卡比心頭一沉，暗忖，「這裡溪水很深。」

卡比回報所見情形，「不適合渡過。」

阿棟靜聽著，微聲說：「前面的水流似乎比較急，表示溪的寬度變窄了。」

兩位砲兵觀測官低語討論，就聽了阿棟的建議。

天慢慢亮了，拂曉之際他們匍匐到溪邊，水勢十分浩大。這裡的地形要點比較高，隱蔽掩蔽良好，可以見得到美軍的砲陣地。卡比到前方警戒，拿步槍瞄準敵方。兩位觀測官架好觀測架，趕忙地繪製地形要圖以及美軍的兵力部署，放到口袋。阿棟背著通信器材，依在他們的身邊。

觀測官壓低聲音，「砲火射向座標XXXX XXXX，表尺四七五，向右七零，單發，放！」一顆砲彈天空嘩嘯而過，轟然一聲巨響。

只見到美軍四處驚竄。

觀測官校正座標，「表尺降五，右調零八，單發，放！」

一顆砲彈飛落在美軍的巨砲上頭。

觀測官興奮著，「右調零六，單發，放！」

第二門美軍的巨砲被摧毀了。

觀測官神采飛揚，「右調零三，單發，放！」

第三門美軍的巨砲被摧毀了。

觀測官大叫著，「所有砲火，同座標，右七零至八零，齊發，放！」一群砲彈嘩嘯飛過，隆隆的爆炸聲，像是驟雨中的雷聲。

突然四十公尺前方，有七八個美軍出現，卡比趕忙開槍還擊，擊斃其中一位，「美軍來了，快跑！」

有一位美軍朝卡比他們丟擲手榴彈，爆炸後，兩位觀測官，一位當場斃命，另外一位血肉糢糊。卡比開槍還擊，阿棟從觀測官身上拿了手榴彈，拔開插銷，擲向美軍，爆炸後，兩三位美軍倒地不起。血肉糢糊的觀測官，拉住阿棟的腳，將要圖交給阿棟，隨後高喊：「天皇萬歲！」舉槍自盡。

卡比和阿棟拿走兩位觀測官的手槍，退進叢林，美軍不敢追進來，胡亂朝森林內開槍。雖然犧牲了兩位觀測官，但他們還是順利達成了任務，獲得了指揮官的獎勵，頒贈日軍英勇的徽章給他們。

後來日軍準備與美軍進行大規模的會戰，決心要殲滅美軍。日軍解除高砂族的游擊任務，重新分配到各個分隊。

很幸運的，卡比和阿棟仍在同一分隊。

分隊長叫作川原陽是中學老師，故鄉在日本奈良縣，被徵召參戰。會戰前，川原集合分隊所有人提醒：「打仗，你別想太多。敵人的子彈不會區分你是日本兵，還是臺灣兵。想要平安回家，要做到三件事情，一是跑得快，二是射得準，三是耳豎起來，聽我的命令，我說一動，你們做一動。」

那天晚上部隊在集結地宿營，長官下令待命。

卡比站完夜哨，阿棟還沒睡，夜空的圓月在雲後散發淡淡的光芒。卡比斃敵的記憶始終存在，擊斃的美軍死前害怕的神情，痛苦的吶喊，猶在耳畔，殺人的罪咎感自卡比的心底生起。

不一會兒雲散了，露出明月，卡比轉念想到Ina、Mama與部落的夜月，卡比哭了，感染了阿棟，一起低泣。

川原聽見哭聲，陪卡比與阿棟聊天，「我的母親在夏日生下我，那時艷陽高照，父母給我取名陽。」

卡比想起夏季，在烈日下，坐竹筏出海打漁的情景，「都蘭海邊，夏天的太陽也很大。」

月光映照著川原的微笑，「我的故鄉——吉野山的櫻花林，花季時綻放的櫻花，紅紅的一片，風吹動時，紅花像海般波動。」

川原眼角強忍淚水，「唉！我們離家已有千里之遠了。」接著川原柔聲說：「現在我們在同一條船上，信念是活下去。為了活下去，我們必須忍受一切痛苦！」川原握著卡比和阿棟的手，「記著，活著才能回到家！」

三人沉默了。月兒剛剛探出頭，沒多久就被烏雲吞食，風絲輕拂樹葉的聲音，一陣又一陣吹得心寒。

命令終於下達，部隊挺進到攻擊發起線，拂曉時發起攻擊。

會戰初時，日軍士氣高昂，攻下美軍陣地。但日軍的補給線太長，被美軍截斷，造成彈藥不足，美軍開始反攻，長官下令撤退。

美軍追擊日軍，阿棟受重傷，卡比肩著槍，背著阿棟，腳下的蔓藤像是絆索，不時出現荊棘、亂石、坑窪等。阿棟緊抓著卡比說：「別丟下我。」

卡比保證，「我們會活著回家。」

美軍暫緩追擊，日軍得以暫時休息。

阿棟發燒語囈，「Ina…Ina…」

卡比覺得阿棟的狀況不對，立刻回報。川原請軍醫官看診，軍醫官表示傷勢過重。兩人交頭接耳，川原一直搖頭，最後吵了架，軍醫官嚴肅說：「終極處理。不要再說了，川原你是個軍人！」語畢離去。

「他快死了，不能帶他走。」

卡比對川原哭訴：「我們要一起回去。」

「這是命令，如果你要抗命，我立刻槍斃你。」

「我會照顧阿棟，不會拖累部隊。」

「八格野魯！」川原用槍托猛擊卡比的頭，「你聽不懂嗎？有戰爭就會有人死亡。你看看四周……」

環顧周邊都是缺腿、缺胳膊或是爆腦的屍體，卡比看見一位日本兵拿著槍瞄準著僅存微息的戰士……。

「阿棟快死了，部隊只能帶輕傷的人撤退。」

卡比瞭解了，原來部隊對重傷無救的戰士必須終極處理，剛剛軍醫官和川原分隊長就是為這個起衝突。卡比大哭著，「阿棟和我都是臺東人……」

川原怒吼：「美軍快來了，我不想與你討論這些……」川原遞給卡比步槍，下達最後的命令。

卡比瞄準呼吸淺薄，昏迷的阿棟。他哭著，右手食指在不知不覺中扣引扳機，只聽見——碰！同時，美軍戰機來襲，四處掃射，川原飛撲壓倒卡比，戰機機槍打中川原的背，替卡比擋下子彈。

太多戰士陣亡了，卡比將川原和阿棟草草埋在一顆大樹下，裝了兩罐樹旁的泥土，紀念分隊長和阿棟。

回到臺東後，卡比將川原的泥土，灑在部落的大樹下，心想：「是他救了我，是否有一天可以去日本奈良縣，將泥土交給川原的雙親，埋在吉野山的櫻花林裡？但……不可能實現了。」

數週後，卡比到阿棟家，將替代阿棟骨灰的泥罐交給了他的父母，他們滿臉的疑問與悲傷。卡比解釋，「阿棟很英勇，殺死許多敵人。我們將阿棟埋在那兒，這是墳邊的泥土。」

阿棟父母流淚了。

卡比流下傷心的淚，接著痛哭。他哭的原因是不夠勇敢；他哭的原因是不敢說出真相；他哭的原因是背叛了阿棟。在這場戰役中，卡比殺了好多人，這些人是拿著武器的敵人，其中之一人是沒有武裝的，他不是敵人，而是卡比的好朋友——阿棟，是活生生被卡比擊斃。

臺灣光復後，卡比成了家，生了孩子，但他的狀況沒有好轉，他多麼希望自己死掉，就不必承受這些痛苦的罪咎。

拉藍沉默了，閉上眼，手發抖。眼皮在跳動，好像這是他親身接觸的傷痛。

「拉藍，還好嗎？」我輕拍他的背膀。

拉藍點點頭。

我帶著他做深呼吸及放鬆，和緩情緒。

「心理師，我查了一些心理醫學的書籍，卡比的狀況是PTSD創傷壓力症。」

「是的，PTSD的病人陷進心理創傷無法出來時，這時是重演創傷的歷程，結果是情緒崩潰；當刻意避開時，會讓自己更緊縮，甚至恐慌。」

我想探討一下他的夢，「這個夢何時出現的？」

「從我有幻聽幻覺開始。」他頓了一下，「大約每半個月就會出現一次。」

「這個夢，讓你聯想到什麼？」
「曾祖父。」
「你問過阿公嗎？」
「唉！爸爸不讓我過問太多……不過，我總覺得有一股使命，讓我必須要承擔起這個夢。」

拉藍說完這個夢，這次的會談就結束了。之後的諮商會談，他來電取消。接著就是最後一次，聊了他的一些生涯規畫，他雖然是讀電機系，但經過這段諮商歷程，他對於心理學還蠻感興趣的……整個療程，在給他祝福後，結束了。

我會心微笑回憶與拉藍會談的歷程，是個很難得的經驗。這兩年，不知道他過得如何？回到當下，我打開電腦，點開了拉藍寄給我的檔案——

心理師：

我現在已經是部落Sikawasay的徒弟了，謝謝你在兩年前的陪伴，沒有強迫我必須要服藥。那個夢境，我對阿公說了……阿公聽了淚水直流，他說卡比就是我的曾祖父。遺傳不只有是生理上的遺傳，我自己這段經歷的回顧，更證明了家族文化心理也會遺傳，特別是那些幽暗的、隱諱的……總會在後代子孫上出現。

阿公也訝異，並沒有人向我提到曾祖父的事，怎麼我的夢境會和阿公知道的幾乎相同？

現在我想和你分享我的阿公——法烙的故事了，這是他親口說……

國民政府來臺灣之初，卡比仍然活在南洋戰爭的痛苦中，老是作相同的惡夢，夢到巴砍溪，看見美軍爆腦，兩位觀測官肚破腸流，鮮血四溢，還有他終極處理的阿棟，與因為保護他而亡的川原陽，這些人變成一枚枚日軍英勇勳章，奇怪的是在夢裡每一枚勳章都流著鮮血，一起拋擲到卡比身上。卡比驚醒時，看見周邊一片黑暗，他分不清自己是活？是死？卡比怕入睡，怕出門，怕被拒絕、怕被拋棄。每天胸口疼痛，呼吸短促、心跳加速，感覺到茫然與驚恐。

法烙出生後，卡比曾經力圖振作。但經濟不景氣，卡比找不到工作，就算找到工作。也因為常常喝酒，上工遲到，或是不到，就被辭退了。

戰爭創傷引發的痛苦太難受，難受到卡比不敢面對自己，每日用酒來麻醉。那時菸酒公賣局，在部落大量傾銷菸酒，甚至還在米酒上貼著「山地專用」，便宜賣給部落原住民。卡比染上酗酒的惡習。難過時喝酒，酒醒回到現實，又難過了，再喝……這樣的惡性循環，卡比每天都醉茫茫的。

卡比最後的一天，坐在沙灘看海，燦爛的陽光讓大海、高山、溪水格外明亮。對卡比而言，白日是黑夜的延續，他拿著手中的麻繩。醉步走到部落的大樹下，這顆大樹正是他灑川原陽泥土的大樹。卡比選了一根最粗的樹枝，將麻繩牢牢吊好，打了圈結。卡比大笑，坐在地上，神情萎靡，看著那個圈結。

卡比的感覺很鈍，需要一點力量，他找到喝剩了半瓶的米酒，灌了一大口，又接著一口，喉舌灼熱，口感辛辣，他搬石頭墊腳，使勁爬站。

「分隊長，阿棟，我來了。」卡比頭伸進圈內，雙手抓著麻繩，搖晃身體，再最後一瞥部落的白雲、藍天和陽光，接著卡比踢開石頭。

那時法烙讀國小一年級，看到舅舅來到教室外。

「法烙，Mama出事了。」

「他怎麼了？」

「上吊自殺。」

「在那裡？」

「我帶你去。」

法烙沒有表情，牽著舅舅的手，到大樹下，親友已經解開繩子，讓卡比躺在地上。法烙像在看戲，看著親友哭啼、看著親友揹著卡比回家、又看著卡比躺在棺材，下葬墓裡。

出喪那天，法烙沒有哭。喪禮結束後，他沒有感覺地走在白雲、藍天和陽光下的碎石路，有輛公車經過揚起灰塵，法烙走進灰塵裡面。

等到法烙走出灰塵時，法烙已經是國小五年級的孩子，四年過去了，他依然沒有感覺，甚至沒有了那段記憶。他看著離去的公車，還有慢慢落下的灰塵。

五年級結束的七月暑假天，法烙在放牛，突然有四、五隻黑色的臺灣土狗不懷好意地吠叫，他拿石頭丟狗，想要趕跑牠們，沒想到這群狗衝向法烙和水牛，法烙急忙跳上牛背，抓住牛頸，牛狂叫地往前衝，狗狂咬法烙的腳，硬生生地拖下來，法烙大叫，在田工作的族人帶著鋤頭、棍子打狗，趕跑狗群。

法烙昏厥，渾身浴血。那晚法烙發高燒，腦海中的畫面一幕接著一幕……手榴彈、巨砲，卡比開槍擊斃美軍，死亡戰士流出的鮮血，染紅了畫面。在紅色中，卡比看見阿棟躺在地上，他拿著槍瞄準，哭著開槍——碰！阿棟整個後腦勺爆裂，腦漿混著血噴出來，阿棟慢慢站起來浮出詭異的微笑，牽著法烙的手，走到到部落的大樹，法烙看到卡比吊在樹上，背對法烙，法烙將卡比轉過身來，卡比向法烙醉喊：「酒、酒、給我米酒！」夢的畫面轉到了南洋巴砍溪，砲彈撕裂了軍人的身體，流下鮮血，將巴砍溪染成紅黑色……法烙縱身一躍，整個人沉下去，再也浮不上來。失速的墜落感，驚醒了法烙，長夜漫漫，他感到恐懼。

隔天法烙的阿公，借了牛車載法烙到衛生所看病，醫生給法烙開了藥。

一個月後，法烙還是病懨懨的，在白天看到狗，就呆住了，哪怕是小狗也僵住不敢動；法烙會突然回憶起臺灣土狗的攻擊，再度感受到受創的感覺。那種感覺是在萬里晴空下被雷霹中。法烙越不願意想起，反而越會想起。更讓法烙難過的是常做惡夢，重複夢見卡比在南洋戰場發生的慘況，以及卡比自殺的身影。

阿公請Sikawasay用竹子占了一卜。

Sikawasay解釋占卜結果，「法烙的Mama——卡比是自殺的，祖靈不接納，而他的靈魂也不敢回到祖靈的家，還在這間屋子裡。所以法烙才會變成這樣，需要做一點祭儀。」

阿公拜託Sikawasay一定要救救法烙。Sikawasay只有一個要求，要法烙跟著他學做Sikawasay，阿公答應了。

祭儀是在Dalouang[9]舉行的，必須全家人都到齊，阿公準備了檳榔、菸、糯米飯、米酒、香蕉葉、一束五節芒。Sikawasay以米酒洗手淨臉後，即興唱歌——

眾神啊！

所有的祭品都貢在這兒

---

9 意指阿美族的集會處所。

有米酒
有檳榔
有糯米
有祭器
我們誠心獻祭
就這些了
眾神啊！我渴求祢賜給我
如藍天一般高的能力
如藍海一般廣的能力
請祢保佑我們
請祢賜給我們治病的能力

Sikawasay拿香蕉葉進行祈靈儀式，引領著祖靈降臨，不斷步行繞走，代表祖靈正翻山越嶺趕來。莫約走了一小時，Sikawasay停住了，拿起糯米飯。唱著——

我們的祖靈來了
來到子孫的家
從太陽到月亮之間
我看見祖靈在糯米飯出現
祖靈啊！

您面容慈祥在召喚子孫
令子孫感動

Sikawasay感應到祖靈已經來到，告訴法烙一家人以最敬虔的心迎接祖靈。Sikawasay喝一口米酒，噴灑在穀場，手持香蕉葉揮舞。唱著——

祖靈啊
祢有太陽的能力
祢有月亮的溫柔
我們作為祢的子孫
受到祢的關愛與保護
子孫一時的錯誤
祢也會潔淨我們的心
重新接納關懷子孫
就讓卡比的靈魂
回到祖靈之家吧

卡比啊
你是經歷過戰爭的人
心靈的傷像是

從懸崖上墜落
飛不起來的鷹
淚水洗不淨的這樣的痛
但這一切已經歸於塵土
祖靈願意接納你
請你勇敢地回到祖靈的家
讓你的靈魂得到安息

Sikawasay不斷步行繞走穀場，時而高唱，時而低吟。代表卡比走在回祖靈家的路上。接著Sikawasay請法烙說當時被野狗攻擊的情景，法烙說：「牠們咬住我的右腳，我好害怕，一直流血……」說著說著法烙全身發抖，Sikawasay手持一束五節芒，不斷拍輪流打法烙兩肩，唱著——

祖靈啊
祢有太陽的能力
祢有月亮的溫柔
我們作為祢的子孫
受到祢的關愛與保護
子孫失掉的勇氣
祢也會灌進我們的心

像大海綿綿不絕
就讓法烙的靈魂
重新找回勇氣吧

法烙啊
勇敢的阿美族男孩
你本有一顆勇敢的心
蒙上了塵土
祖靈賜給你力量
拭去塵土
潔淨你勇敢的心
能夠戰勝一切

反覆吟唱，直到法烙全身放鬆。Sikawasay再從空中，雙手接下祖靈的禮物，灌在法烙的頭上。最後牽著法烙繞走穀場，用香蕉葉輕拍法烙的身體，象徵性的潔淨法烙的靈魂。

讀到這兒，我深呼吸，調整一下情緒。上週我才參加了「眼動身心重建法」（Eye Movement Desensitization and Reprocessing，簡稱EMDR）的工作坊，所謂的眼動就是治療師以手指頭在個案面前左右移動，讓個案的眼球能依此節奏來回移動，進而誘發大腦神經傳導系統重新整理內心的壓力創傷。輪流輕拍身體的兩側、雙臂、雙膀，在眼動身心法中就像眼球左右移動，具有同樣的療效，學術上稱之為雙測刺激，如同Sikawasay手持那束五節芒不斷拍輪流打法烙的雙肩，是一樣的道理。

我繼續看拉藍的信——

心理師，當您讀到這時，我的阿公——法烙的故事已經結束了。經過Sikawasay的祭儀，阿公整個人重新活過來了。阿公也學著怎麼當一位阿美族的Sikawasay。阿公說阿美族的Sikawasay，不是自己想當就當，而是被挑選的。Sikawasay是終身職業，必須要肩負起為族人驅魔、祈福的使命。

兩年前，和你談過話之後，我深深為心理學著迷，我現在已經轉到心理系。我核對一下阿公的經歷，發現這就是臺灣阿美族的薩滿療癒之道，我和父母溝通過，我想當一名Sikawasay，將Sikawasay的祭儀與心理學結合……

父母剛開始時，是完全不同意的，溝通了好久，他們雖然難過，終於還是答應了。阿公聽了之後，喜極而泣。只不過他說，他年紀大了。像年紀老矣的鷹，飛不動了；他會請一位年輕的鷹，引領著我展翅，看顧在這片土地上的族人。

我真的很開心，與你分享。

拉藍

閱後，我微笑著。

護理師說：「什麼事情這麼開心？」

我眺望窗外，海天連色，湛藍無比，遠山蒼勁，金黃的陽光正散發光與熱，我說：「臺東有原住民，真好！」心中流過一股暖意。

# 陳福多的那一天

陳福多是位老先生。

「陳福多」是他的漢名，他是Amis，Fotol是他的族名，這位老先生曾經是我的心理諮商個案。

兩年前，Fotol因為有失智初兆住在我們精神科病房。他不太會說阿美族語，說話有山東腔，很像我父親的腔調，讓我倍感親切。原來他曾經是國軍，也作過人民解放軍。

他有一頭鋼刷似的花白短髮，滿面皺紋。我上網查Amis語典，語典解釋fotol指男子生殖器睪丸，取為男子名，Fotol則代表「這個男子是有勇氣的硬漢」。看到他，我想起了我爸爸。老爸沒讀什麼書，奶奶過世的早，由爺爺撫養，十六歲時，國共內戰，每家要派男丁當兵，他從軍了，隨政府來臺灣。老爸退伍後在兵工廠當駕員，他愛喝酒，每到了週末晚間，他一定會喝米酒配著花生米，每喝必醉，每醉必哭，「俺……好想，好想俺的親爹呀！」想家是他化不開的滋味，深埋在心底的鄉愁，讓爸爸期待我去唸官校，若是無法反攻，也要在我這一代完成這個使命。

可是我拒絕他了，曾經我和他是無話可說的。後來，他見我混得不錯，而且又獨力完成了大學學業，才慢慢和解。可惜，他也像Fotol一樣得到失智症。

我還記得那天……

爸爸突然穿上以前的軍服，向我敬禮。大喊：「報告江班長……」

「啊……爸！」我一臉訝異，「我是你兒子。」

「江班長，您又逗俺了……咱們何時出發殺八路？」

從那時起我就常常以江班長的身分，命令老爸要按時服藥。

Fotol住進病房的原因是——散步時，走著走著就迷路了，他身強體健，走到離家十公里處，被一位Amis警察察覺有異，Amis的老先生怎麼開口，閉口都是山東腔的國語。

警察用Amis族語問Fotol家住那兒？

Fotol一臉茫然，冒出山東話，「俺要回家！」

警察改用國語，「你家在那兒呢？」

Fotol說不出來。還好他身上帶著身分證，警察通知了家屬和村長。

家人覺得不對勁，趕緊送來我們醫院。

醫師診斷Fotol是失智初期，短期記憶時好時壞，醫師轉介給我後，我發現用山東話搭腔，是縮近我和Fotol的關係最好的方法。

「年輕人，俺覺得你說話口音很熟呀！」

我用山東話回說：「老鄉，俺是山東人。」

「俺也是啊！俺住青島。你那兒？」

「即墨……嶗山，不過解放後，改成了青島。」

「啊呀！咱倆是老鄉。」

「真是……老鄉見老鄉。」

關係打穩後，Fotol就願意說出他長期記憶中的故事了。

Fotol家住在都蘭，二戰末期日本已見敗跡，日本昭和天皇宣布投降，臺灣重回到祖國的懷抱，那年他正值十六歲的青春年少，Fotol緩緩說出那段往事——

臺灣光復後，國民政府清查戶口，那天在部落裡，搭起了棚子，好幾個穿著中山裝的辦事員，在登記戶口，順便為我們安上漢姓，取漢名。我聽不懂國語，辦事員透過通譯幫我取了漢名「福多」。

通譯提醒我要微笑。

我笑了。

「小子，別光傻樂。我告訴你『福多』這個名兒好，代表福氣多，以後你一定少災少難。你是民國幾年生的呀？」

我聽不懂，只會一個勁兒地傻笑。通譯趕忙和我在算昭和年，要換成西元年，再換算為民國年。我後頭大排長龍，都等著清查登記，辦事員等不及了，直接幫我寫好了。我竟然多了兩歲。

從那一天起我的漢名是陳福多，年滿十八歲。

沒多久，國軍軍官來部落遊說，「臺灣回歸祖國了，為了讓年輕人學國語和瞭解祖國，現在有讀書的機會，要滿十八歲才能來讀書。畢業後，政府會安排到大陸工作，月薪優渥。」

那位軍官查戶籍資料，得知我已經十八歲了，便和族人勸我的Ina、Mama，Ina大哭，「要我的孩子去打仗，我現在可以開始哭泣追思死去的Fotol了。」

Mama嚴肅地抽著煙斗。

族人勸Ina說：「Fotol是去唸書和工作，不是去作戰。」

Ina哭著，「這些軍人要帶走我的孩子，怎麼會是去讀書呢？」

Fotol嘆氣道：「唉！Ina的直覺是最敏銳的！」

Fotol談到他要去報到的前一晚，風清雲淡，圓月高掛天際。

「我是Amis，在大陸長年說著普通話，族語幾乎忘光了，可是那天和弟弟道別的夜晚，夜景美得像詩。有好幾次，我面臨到生死關頭，我總會在心頭低語那一晚說的族語，是這幾句的族語給我希望，與活下去的勇氣。」

「喔！您說說。」

「Tadafangcal ko folad anini.
Ma'ilol kako to mama aci ina no mako.
Miliyas kako to niyaro'.
Mihimaw ko safa ako to mama aci ina.」

弟弟哭了，我也流下淚。我交代弟弟，「弟弟，哥哥去大陸工作，每個月我會寄錢回家。唉！哪裡知道會到大陸打仗啊！」

「您剛剛說的族語，意思是……」

「夜裡，明亮的月兒，面容真是美麗。媽媽、爸爸啊！我會想念你們的！我要離開部落了。我的弟弟呀，要好好照顧媽媽！爸爸！」

我的腦海浮現出美麗的圓月之夜，老爸當初離開山東，與爺爺道別，也是如此的心情吧！這些目睹戰場慘狀的老兵，活下來的都帶著內心的創傷……當年父親失智時，他所截取的長期記憶的資料庫，幾乎都與分離、死亡、戰爭有關，親情、童年都不見了。

隔天是病解，來了Fotol的姪女——Panai和他的兒子——貴東，醫師解釋，「失智是短期記憶先消失，接著是長期記憶。Fotol在家裡的狀況如何？」

Panai說：「時好時壞，常記不住剛發生的事情，重複買一樣的東西。」

貴東說：「他還說要趕回北京去，接受毛主席、周總理的頒獎。」

我訝異問：「毛澤東、周恩來接見過福多？」

貴東說：「是的，爸爸在抗美援朝時，打過最慘烈的戰役。整個連，打到最後只剩三個人，爸爸就是其中一位。回國後，他獲選為優秀戰士，在人民大會堂臺灣廳接受表揚，周總理與他握手，毛主席親自為他掛上獎章。」

醫師繼續，「失智的大腦，短期記憶會先喪失功能，接著是長期記憶。長期記憶若是帶著快樂或恐懼等強烈的情緒，就會成為深刻的回憶，最後才消失。目前Fotol是失智初期，短期記憶時好時壞，長期記憶像是接受毛澤東頒獎的光榮事蹟，他還是很清楚的。」

醫師接到急診的電話，必須要立刻到急診室處理一位病人，他交代我陪陪家屬。我們談了一會兒，Panai要到內科就診，我和貴東在醫院大廳聊著，貴東流露出蒼桑，他在大陸中學教過美術，現在是XX大學的客座藝術家。

貴東說：「爸爸跟著國民黨的軍隊到大陸作戰，被解放軍俘虜，經過長官觀察，爸爸沒有安全顧慮，解放軍問爸爸是否要立即回臺灣，還是等到解放臺灣後再回去？爸爸想等共產黨解放全中國後再回家。原因是國民黨軍隊的長官對士兵種種的作為讓爸爸害怕，所以他選擇參加解放軍。打了解放前最關鍵的一次會戰——淮海戰役。」

我的老爸也打過這場戰役，國軍稱之為徐蚌會戰，說不定他和Fotol在戰場上還交過手。這場戰役在一九四八年十一月六日開始，到四九年一月十日結束。國軍戰敗，此後國民政府江河日下，終於失去大陸政權。

「到了抗美援朝時，爸爸當上志願軍參戰。戰爭結束，又在部隊服務了一段時間，退伍後定居青島。」

聽到青島，我說：「我父親祖籍是山東青島，他說那兒有大海、陽光與美麗的海岸。」

貴東微笑，「是啊！爸爸在青島認識了媽媽，生了姊姊和我。」

「媽媽和姊姊也在臺灣嗎？」

貴東神色黯然，看著醫院人來人往，有的歡喜出院了，有的正在候診，有的在和藥師討論藥的吃法。

我轉了話題，「爸爸平時的休閒是什麼？」

貴東看著牆上，一幅東海岸的山海畫，蒼勁的青山，海天一色的藍，「爸爸在解放軍服役時學會畫畫，常常畫，但畫的海岸和山都不是山東的風景，來臺東後，我看到高山和大海，才知道他畫的是他的記憶，是他的鄉愁。」

我感嘆時代像是鬧劇，同一場戰爭兩種的命名——淮海戰役、徐蚌會戰，改變了許多人的命運，Fotol從臺東到山東；老爸由山東到臺東。山東老兵，長住臺東；臺東老兵，卻在山東。

失智的特質是短期記憶容易忘記，長期記憶最後才會消失。我在想我和Fotol的談話是短期記憶，明天之後，Fotol會忘記我們之間的談話，戰爭的烙印仍會刺痛他的心，除非大腦的長期記憶萎縮。換言之，Fotol將背負著戰爭的傷痛直到生命結束的那一刻！

就像是老爸晚年失智，戰場的痛苦會重現，他常常夢見自己紅著眼殺敵，自血淋淋的夢境驚醒。從我用江班長的身分和他回憶早期戰場經驗的對話中，我感受到他第一次殺人時的痛苦與害怕。但江班長說：「俺們從軍報國，你不殺敵人，敵人就會殺你。」這樣的命令成為了十六、七歲娃娃兵的道德規範。

Fotol的初期失智經過藥物的緩解，狀況改善了一些，他願意說出他的生命故事。回憶起他被解放軍俘虜的那一天——

那天拂曉，國共部隊在一條溪河兩畔交戰，解放軍被國軍擊潰。天空是陰暗的，砲彈爆炸後的餘火未竭，黑色的煙霧直衝天際，瀰漫著血腥味、焦肉味，交戰的雙方都是中國人，砲彈撕裂了身體，破碎的屍體戴著斜歪的鋼盔，不論鑲白日，還是紅星，沒闔眼的死去戰士空洞地看著灰色的天空，雙方戰士流下汙血，一同將河水染成紅黑色，再也分不清是誰的血。剎時我想到我來自臺灣，是Amis，可是在戰場上，我流的血與這些戰士們流的紅血都是一樣的。我無言看著天空，聽著烏鴉的陣陣哀鳴。

我軍以為解放軍敗逃了，逐步清理戰場，不知道是不是警戒鬆弛，還是我們內部有潛伏的敵諜？竟然連解放軍發起逆襲，都沒有預警情報通知。傍晚，解放軍出擊。紅霞漫天，一輪血色的夕陽冷冷看著大地上的殺戮。我軍完全曝露在解放軍的火砲射程，長官的無線電急呼不到支援部隊。解放軍的砲彈交織著心戰喊話響徹山林。

幾個老兵說：「這才是解放軍的正規部隊。」

還有的老兵大罵，「進你娘！ＸＸ長官逃了。這回死定，回不去了！」

Fotol無奈低語，「我們投降了，解放軍沒有虐待我們。後來我加入解放軍。」

「戰爭真是殘忍呀！」

Fotol搖頭，「有形的戰爭，並不算殘忍。」

我感到詫異，「喔！」

「最殘忍的戰爭，是讓心靈受創的十年浩劫。我在文化大革命被紅衛兵批鬥的情景，好像電影在我心頭放映著，一直影響著我，還有我的家人……直到現在。」

接著Fotol訴說一位Amis原住民在文化大革命時，被紅衛兵批鬥的親身經歷。

「一九六六年，我感到不安，因為我來自臺灣，做過國民黨的士兵。」

「你是解放軍戰士，是優秀戰士，接受過毛澤東和周恩來的表揚呀！」

「當時我也是這麼想，何況毛主席頒動時對周總理說：『我們要照顧好臺灣人民，他們是我們的同胞。』我以為這句話是安全的保證……」

Fotol的思緒飛進了動盪的歲月——

文革前兩年我退伍了，轉任農林開發單位，照顧農產果實。一起打抗美援朝的戰友——老林，左手傷殘，還在部隊服役，我告訴他我的害怕。他安慰我，「文革十六條，其中有『抓革命，促生產：保證文化革命和生產兩不誤……』而你的單位是生產研發單位。咱們又是解放軍的優秀戰士，雖然你退伍了，只要低調一點，就會安然無事。別擔心！」

可是紅衛兵還是找到了我。給我安上「國民黨餘孽」、「蔣軍走狗」、「反革命分子」、「反動資本家」與「漢奸」等罪名。

我捱鬥的那一天是在一個大禮堂，周邊貼滿標語。他們做了大牌子，上頭寫「叛國者，陳福多」在我的名字畫了叉，吊在我的脖上，還要我戴上「罪該萬死」的高帽。四周的牆貼滿了「鎮壓陳福多是無產階級專政的勝利！」、「揪出叛徒陳福多是文化大革命的勝利！」

十七、八歲的紅衛兵在禮堂內排列整齊，領頭的高聲說：「首先向毛主席致敬……」紅衛兵們齊喊：「偉大的導師，偉大的領袖，偉大的統帥，偉大的舵手，毛主席萬歲！」

隨後兩個壯碩的紅衛兵押著我彎腰低頭，同時向後使勁拉緊我的雙臂，由背部往上高舉。我被押上舞臺，獨自低頭跪著。

一個冷峻的男聲，「陳福多，你往後頭看看？」

我吃力地轉頭看見毛主席的照片，兩側寫著坦白從寬，抗拒從嚴。

「念！」

「坦白從寬，抗拒從嚴。」

那個聲音加強了語氣，「想清楚再說，好好交代你的身分來歷。」

「我是臺灣人，日本投降，臺灣回歸祖國之後，我當了國民黨軍隊的士兵，也當過解放軍、志願軍，打過抗美援朝，是優秀戰士，毛主席親自頒贈勳章給我。」

「了不起，得勳章！」語氣充滿嘲諷。

換了高亢的女聲，「你被日本帝國統治過，還作過蔣軍，打過無產階級人民和解放軍，不覺得可恥嗎？」

「這不是我願意的！」

「強辯！」男、女同時喝住我。

紅衛兵同聲罵：「你為資產階級工作，辜負了廣大的無產階級。牆頭草，兩邊倒！」

罵聲稍歇，紅衛兵們高呼：「打倒一切牛鬼蛇神！」

又出現了男聲，「好好檢討，交代你的想法。」

「同志，臺灣回歸中國後，國民黨騙我說有工作的機會，哪知是當了國民黨的兵到祖國打仗，結果我被俘虜，解放軍對我好，我決心參加解放軍，希望共產黨能解放臺灣，回到日夜思念的家鄉。」

但紅衛兵仍然罵我，全是莫虛有的指控。我怒火中燒大吼：「同志，我被日本殖民統治過，流過汗水，但我身體的血絕不是日本人的血；我是當了蔣軍士兵，但我不姓蔣，更不是國民黨黨員。」

紅衛兵被激怒了，「反革命分子不知悔改！」打得我的高帽脫落了。

眾人齊呼：「打倒陳福多！陳福多不老實，就要他滅亡！」

罵聲漸歇。那個冷峻的男聲，「陳福多，帽子戴好。」我顫顫地戴好高帽。

有個少年人高喊：「讓陳福多的帽子飛上天！」

眾人拍手叫好，「讓陳福多的帽子飛上天！」

Fotol悲傷流淚。我想改變話題，Fotol這時緊緊握著我的手，「聽我說。不說，就沒機會了。」

我點點頭，「帽子飛上天是什麼意思？」

「文革時，槍斃反革命分子，會要反革命分子戴上高帽。開槍後，子彈貫穿腦子，高帽伴著破碎的腦骨、腦漿和鮮血噴飛起來……」

「啊！他們要槍斃你。」

Fotol接著說——

驀然，有個渾厚的聲音怒喊：「陳福多閉嘴！」

我偷瞄，他是解放軍同志，是位團長，跛著腳走上舞臺，他的後頭跟著老林。禮堂內陸陸續續進來了荷槍實彈的軍人，我聽到「喀！喀！」子彈上膛的聲音。

我心想連解放軍都要批鬥我，我實在是萬念俱灰！

五、六位荷槍的戰士上了舞臺，站在兩旁。

團長斥責：「就是這個人——陳福多，當時在志願軍裡獲得了毛主席頒獎，卻不好好的學習，真是是可忍，孰不可忍！」

領頭的紅衛兵喊：「還是人民解放軍的悟性高。」

團長神色凜然，「是的！各位小將，十天前我覲見了毛主席同志，毛主席與我握手，慰問我們在抗美援朝時做的犧牲。我情緒激昂向主席報告：『這一切都是為國、為黨、為人民。』當時我的淚水就掉下來了。」

團長話鋒一轉，「陳福多是臺灣的山地同胞，幹革命的臺灣同志，解放戰爭、抗美援朝，功蹟顯著，他是毛主席接見過的臺灣老兵！毛主席贈勳是因為他的本質是忠誠的，忠於黨！忠於人民！他願意為國家犧牲生命，只是久未接受教育，思想偏了。如果槍斃他，就是否定毛主席對他忠誠本質的肯定。同志們，毛主席絕對不會犯這個錯誤，對不對？」

戰士們齊呼：「對！毛主席萬歲！」

團長激昂高吼：「讓我們改造陳福多的心靈，從陳福多的靈魂深處爆發革命，重新向毛主席學習！」

我驚呼：「他救你！」

「是的。他是抗美援朝，我和老林的連長——李金茂。抗美援朝時，連長和老林知道我是臺灣的Amis，格外照顧我，如親兄弟一般。我記得那天我連奉命遲滯美軍的攻擊，並掩護解放軍主力部隊轉進，上級給的命令是死守，全連打到只剩下連長、老林和我，我們完成了任務，可是連長的右小腿斷了，命令我們逕自離去，他準備舉槍自盡時，我和老林流淚制止，『報告連長，您是我們的兄長……我們一起回家……』於是在敵人的砲火下，我們護著連長脫離戰場。」

Fotol繼續說他的遭遇——

禮堂一片默然，連長霸氣吼道：「我以砲兵團團長的身分，帶著我團的戰士們，聚集在禮堂內外，要向小將們學習，我在此高呼要堅守『三忠於』。」連長問領頭的紅衛兵，「你說『三忠於』是什麼？」

那個領頭的，也算是個年輕的孩子，高呼：「永遠忠於毛主席，永遠忠於毛澤東思想，永遠忠於毛主席的革命路線。」

連長高喊：「沒錯！紅色小將們，我們要堅持毛主席文化大革命的路線，文化大革命萬歲！毛澤東思想萬歲！」

連長掀起高潮，眾人齊呼：「毛澤東萬歲！」

連長說：「陳福多，你要不要接受再教育？」

老林扶著我，我虛弱地點頭。

紅衛兵宣讀判決，高聲朗誦：「陳福多同志反黨、反人民……」接著我昏倒了。

「後來呢？」

「他們同意我再受教育，判我勞改。我被迫改了名，他們把我改成陳勇紅。」

「為什麼？」

「福多是國民政府取的，充滿了封建主義的餘毒。」Fotol訴說在勞改營的生活，「他們會故意叫我『陳福多』，看看我有沒有反應，若有，代表我還在懷念過去，我就要做思想坦白與交代。那陣子，我每天都在恐懼之下過日子。文革平反後，我又改回原名『福多』，畢竟福多的發音近似Fotol，起碼讓我在心裡面可以連結我是Amis。」

我實在難以想像，這種生活要如何過下去。

Fotol話鋒一轉，談到老林和連長，神情流露出感激說：「我很感謝老林和連長，他們是冒死來保我的……」

護理師走進病房，示意Fotol該吃藥了。

「明天再說吧！」

「心理師，我若不說，這些起起伏伏的往事就會歸於平靜，宛若什麼事情都沒發生過了。」Fotol一臉的倦容。

「Fotol，等明天吧！我會再來。」

隔天下午我去看他，病房空了，照服員在整理病床。我到護理站詢問，護理師說：「陳福多出院了。」

我看著Fotol的病房，生起一股落寞。

此後，Fotol定期回診，已經不認得我了。

一年後，Fotol再度住院，進入痴呆期，喪失腦部功能，肢體僵硬、無力、嗆咳。冷峻的一張臉，看不出任何情緒。護理師建議貴東申請看護照顧福多，但貴東堅持親自照顧爸爸。

貴東成了家，另一半是美麗的Amis女子。長輩們為貴東取名Mayaw，意思是守護月亮旁的星星。貴東要我稱呼他——Mayaw。

午後，天空陰沉，Fotol坐在輪椅上，我陪著他們到醫院的庭園，在老樹下聊天，看著池塘裡的荷花。

「心理師，這大樹很像我們大陸老家的樹。」

「會想回大陸了嗎？」

Mayaw搖搖頭，「我陪爸爸回到都蘭後，就不再回去了，何況我們家早已家破人亡。」

「Fotol曾對我說過文革的遭遇。」

Mayaw臉上哀戚。

我聯想起福多說到「帽子飛上天！」那股悲傷的神情，「但他沒提到媽媽和姊姊的遭遇。」

「那是爸爸這輩子的痛！也是我們一家人的不幸。」

「發生了什麼事？」

「批鬥爸爸的前一晚，我叮嚀媽媽：『明天開鬥爭會都通知你們了吧？』她回瞪我說：『知道了！』我到現在還忘不掉那眼神……」

「你感覺媽媽想要表達什麼？」

「責備！彷彿說：『你們姐弟和他們瞎混什麼！』我只覺得明天我們家會有一個巨大的變化，我的心頭有不安，但我說不上來，也無法改變任何事。」

「第二天在大禮堂，紅衛兵批鬥爸爸……鬥到情緒高漲時，領頭的紅衛兵對我使了眼神……」

「他要你做什麼？」

「喊口號——打到陳福多！」

「要你批鬥爸爸呀！」

「第一次我含渾喊：『打倒陳……』接著高喊：『打倒反革命分子！』這些人沒聽清，跟著喊：『打到陳福多！打倒反革命分子！』姊姊指責我：『為何不喊？』第二次我喊全了，眾人鼓掌，也跟著喊。最後，我覺得有股無形的力量逼著我喊出——讓陳福多的帽子飛上天！」

我打了寒顫。Fotol說那群年輕人為槍斃他鼓掌歡呼，而這句話竟出自Fotol的兒子貴東口中。

「我看見媽媽躲柱子後頭擦淚，我後悔了，我怎麼會喊槍斃自己的爸爸？而且還是帶著一群人喊。」Mayaw的眼濕了，「我從來不覺得爸爸有什麼問題，他接受過毛主席頒贈勳章，有功在國。那時我竟對爸爸有氣，因為他激怒了紅衛兵。我目睹那個場面……嚇到了，但又逃不掉，整個人僵住了，只能任由他們擺布……爸爸的老長官救他之後，我回神過來，有被愚弄和受辱的感覺。突然間我不想再看到這群紅衛兵，那年我十三歲，難道我爸媽養育我十三年，我不能和父母為伍嗎？」

「姊姊呢？」

「她是狂熱分子，知青下放農村時，失蹤了。」

「媽媽呢？」

「媽媽被揪出來，說她是侵略者的愛人，要求與爸爸劃清界線。媽媽受不了……跳樓自殺，只剩我們父子相依為命，一起待在勞改營裡。」

「那個地方，我能回去嗎？」Mayaw哭了，拿出手帕拭淚，「四人幫倒臺後，我們家被平反，中共批准爸爸回臺灣，我陪著爸爸回到都蘭，爸爸爬著進入家門，阿公、阿媽是基督徒，爸爸長跪在地，對著遺照哭喊：『Ina！Mama！Fotol回家了，您們的孩子回家了！』他想擠出族語，但離家太久，族語忘了，只能說帶著山東腔的普通話：『俺……俺對不起！』我知道爸爸要說的是——Sololen ko wawa no namo。但他說不出來，滿臉盡是歉意、悲傷與自責。」

「這句話是什麼意思？」

「請原諒您們的孩子。」

「爸爸痛哭磕頭，額頭都紅了，他懊悔沒陪著父母，他懊悔說著父母聽不懂的語言。看到這一幕，我想到他是如此地思念父母，可是在動盪的年代中，他只與父母短暫相處，就被硬生生分離了，爸爸將對父母親的思念放在心中深處，而我卻在年少時高喊著要槍斃我的爸爸，我這一輩子都無法原諒自己啊！」

Mayaw繼續說：「文革後，我常夢見我自高樓墜落，夢境閃過我拿槍對著在舞臺下跪的爸爸，紅衛兵批鬥我，要我開槍。嚇得我自夢中醒來，驚醒時一身冷汗，恐懼自心底生起……」

Mayaw深呼吸緩和情緒，「我曾問牧師：『上帝怎麼會容許戰爭發生？怎麼讓我們家有這樣的遭遇？』牧師說：『孩子，我不知道，我沒有經歷過戰爭。』我說：『牧師，我問的是那位沉默無語的上帝。』」

我思考著——Fotol全家人的命運是誰造成的？是國軍、解放軍，這些軍人嗎？或是主政者？抑或是所有的時代參與者？創造出Fotol的錯愕人生與懊悔的Mayaw。

我問Mayaw，「如果塑造爸爸這一生命運的是人，他是怎樣的人呢？」

Mayaw深思，「是癲狂，他是最極端的癲狂。」

此刻，陰暗的天空飄著細雨，淅淅瀝瀝地打在池塘裡的荷花殘葉上。

Mayaw看看手錶，示意要回病房了。他對面無表情的福多說：「Mama, Ata to kita!!」

（爸，我們走吧！）

看著這對父子的背影，我想Mayaw應該是說「要走了。」我覺察到心頭卡著莫名的情緒，我請了假，騎著單車，面迎細雨騎到卑南溪的溪海交會處，我看雨絲滴落到溪水裡，被溪水帶動直奔入浩瀚的太平洋。離岸不遠的漁船，傳來馬達聲……達、達、達，彷彿是戰場上的機槍聲。

一年後，Fotol到了人生終站，在農曆春節過世了。

Fotol回故鄉註銷死亡後，領了新的身分證，受洗成為基督徒，他說：「Ina、Mama都是基督徒，我相信死後會在天國與父母團聚。」

這些日子我和Mayaw熟識了，我參加了Fotol的追思禮拜。

牧師證道說：「在Amis族語，Mifolaw是遷徙的意思，更深層的涵義是，因為戰爭而遷徙。Fotol經歷日本殖民時代、國民政府、共黨統治，在中國文化大革命中經歷了心靈的戰爭，他離開臺東，住在山東，又回到臺東，但這一切已經歸於塵土……」

我隨著人潮，慢慢走向Fotol，在棺木中輕輕地放置百合花，接著蓋棺火化……

我心想真的一切就隨著蓋棺而逝嗎？回到家，我想到下週輪到我在病房會議主講精神醫學的相關主題，我想講戰爭創傷壓力症，打算以Fotol與老爸做戰爭創傷的個案分析。

打開電腦後，電腦的螢幕的桌面背景是我和爸爸的合照，那是他失智後，我以江班長的身分命令他和我合照，剛入鏡時他滿臉嚴肅，後來我說：「這照片是要寄回老家的。」

「寄給俺爹？」

我那時心頭酸酸的，「對！是要寄給親爹，你要笑開心點。」

老爸才破顏微笑。

我就這樣呆坐著，直到黑夜來臨。

夜晚，我買了米酒，花生米，騎單車到海邊，脫了鞋，坐在沙灘上。月亮是滿月，圓圓滿滿，海面映著月光，一片銀色，浪花陣陣。

我學著父親喝米酒配上花生米，腦子昏昏沉沉的……

我聽見我的自語，帶著山東腔，「俺……好想，好想俺的親爹呀！」

也聽到Fotol說的族語：

Tadafangcal ko folad anini.
Ma'ilol kako to mama aci ina no mako.
Miliyas kako to niyaro'.
Mihimaw ko safa ako to mama aci na.

（夜裡，明亮的月兒，面容真是美麗。媽媽、爸爸啊！我會想念你們的！我要離開部落了。我的弟弟呀，要好好照顧媽媽！爸爸！）

淚珠不由自主地落下。酒精起了作用，我醉了……海風拂來，我抬頭看著夜空，一輪明月高掛天邊。

# 老爺爺

冬日的午後。

金色的陽光暖暖地灑在老爺爺臉上的皺紋，似乎想要溫柔地給老爺爺的皺紋一點冬日陽光的溫暖。可是老爺爺並不這麼想，他深鎖著眉頭，加深了臉上的紋路。老爺爺伸出節節瘤瘤的雙手蓋住了臉，想擋掉溫暖的陽光，讓自己存在那冷冷的寒冬裡。

老爺爺是老榮民，話不多，住在榮家，妻子過世，有個女兒已經嫁人了，依據側面瞭解，老爺爺的女兒不曾探視過老爺爺。

醫師給老爺爺的診斷是憂鬱症，住到精神科急性病房有一段時間了。醫師將老爺爺轉介給心理師——蔚國做心理諮商。

原本老爺爺不願意與任何人說話，知道蔚國是軍人退伍後轉任醫院的心理師，才願意和蔚國多聊一些，也許同樣是軍人退伍，有共同的話題吧！

今天天氣還不錯，老爺爺坐在輪椅上，蔚國推著輪椅到病房前的小公園。

「爺爺，您看……難得出了太陽。」

老爺爺將手放下來，風一吹，帶來了一些寒意，以及飄零的黃葉。老爺爺若有所思，過一會兒說：「在大陸上，葉子早就落光了。」

蔚國微笑回應：「臺灣四季不是那麼分明，冬天落幾片葉子，降個幾度，冷那麼幾天，寒冷也就過去了。」他看到老爺爺穿著大衣，披了條薄被，蔚國貼心問候：「爺爺會冷嗎？」

老爺爺搖搖頭，「還好，大陸冷多了。」

「爺爺，您是幾歲來臺灣的？」

「我到臺灣時，那一年……」老爺爺算了一下，「剛滿二十歲。」

「算一算您的大半輩子都在臺灣度過了。」

「是呀！我這一生……」

老爺爺閉起眼，好像進入了時光隧道，良久，他緩緩說出他的故事。

「那年大陸不是天災，就是人禍，我老家在河南，黃河發大水，先是水災，再來旱災，還要忍受日本人的欺侮。逃了幾年荒，又回到河南，國共開始內戰，家裡實在窮，沒得吃，我的父母就送我去當兵，那年我十六歲……」

「是娃娃兵了。」

老爺爺點點頭，「那時部隊也窮，只有草鞋穿，穿不暖，但勉強有得吃。在受訓時，教官都是打罵教育，我們被要求要看清楚敵人的位置再打，所以打靶時教官的訓練都是要求先看清楚靶位，再扣扳機。可是訓練歸訓練，當我上戰場時，看見屍體會害怕，一睡覺就作噩夢。我記得我聽見槍聲時，嚇得尿濕褲子，被其他士兵訕笑著。」

蔚國說：「我在部隊服役過，可是從來沒上過戰場，不過國軍的教戰總則上有提到戰場常為情況不明、恐怖、危險、疲勞與匱乏等狀況所交織，感覺任何人上了戰場一定都會害怕、恐懼。」

老爺爺進到了回憶裡，「訓練和上戰場完全是兩樣，承平時是無法想像戰場的事情，可是當發生了，就得承受……而這個承受是痛苦的，是一輩子也忘不掉的啊！」老爺爺臉上浮現痛苦的神情。

我感覺到這個痛苦在老爺爺的腦海中是揮之不去的，像春夏秋冬的循環，日復一日，年復一年……時間愈久，刻畫得愈深，如同他抹不掉的皺紋。

老爺爺接著說：「我還記得我第一次在戰場上開槍的情節，那一天快過農曆年的春節了，大約就在這個時候吧！天氣很冷，部隊到了一個小村落，遭受到解放軍伏擊。因為太害怕了，我急忙地開槍，也不管射擊對象是不是敵人，一陣激戰後，解放軍撤退了。班長下令停止射擊，我們趨前查明情況，我發現我打死的是婦人，旁邊有個哭泣的嬰兒……我……」

老爺爺頓了一下，「為了證明我的勇敢，我竟然……」

老爺爺的語氣轉為哽咽，「後來嬰兒沒了哭聲……班長拍拍我的肩，說：『沒事！沒事！』那晚我們就在那個小村落裡，吃百姓的、喝百姓的、用百姓的，寒冬中，我們過了除夕，吃了年夜飯。部隊長給我戰功徽章，我像是個勝利者，看著為我們服務的百姓，無奈的表情下是他們無盡的悲憤。隨著年紀老了，那位婦人的面容，那個哭泣的孩子，卻不斷浮現。」

乍聽之下，蔚國說不出話來……想起在軍校接受軍官養成教育，教官常說：「軍人若對敵人仁慈，就是對自己殘忍，仁慈只能對自己國家的百姓。」蔚國在軍校所受的教育，國軍永遠是愛護人民的，但隨著蔚國獨立判斷的能力增長後，他瞭解了，當年在中國大陸的國軍對待自己的百姓，遠比對待敵人還要殘忍。

蔚國退伍後，轉任心理師，他常常省思著，「在戰場上，萬事渾沌，就像在迷霧中前進，誰分得清敵軍、友軍，特別是在情報不清楚的狀況下，一草、一木都有可能誤以為是敵人！每一個人都是一條生命，每個人都有求生的本能，你要殺敵，敵也要殺你。敵我殺戮都只是為了活下去，殺人不得不變得像在捏死一隻叮咬身體的螞蟻，全然不會覺得自己有錯。有了殺人的正當性，沒有嚴格的軍紀要求，什麼泯滅人性的事情都幹得出來，而且還會給予自己的行為合理化。一旦戰爭結束後，所有的痛苦、悔恨、惡夢都會襲來，甚會扭曲人格，貶低自己。」

老爺爺的經歷，對於蔚國而言只是一個故事。蔚國心想：「如果這事兒發生在自己的身上，又該如何面對自己的所做所為？」

看著神情黯然的老爺爺，一時間他不知道該說些什麼？老爺爺年紀大了，在世的光景似乎不多了。「冬天來了，春天還會遠嗎？」這句話是說給看得到春天的人聽的……可是老爺爺，蔚國嘆了口氣，「唉！」

蔚國看著藍天，慢慢被厚重的烏雲遮蔽了，風變得刺骨。蔚國想轉個話題，「爺爺，春節快到了。在榮民之家過年都有那些活動呀？」

老爺爺似乎看到蔚國的窘境，「人生不就是這個樣子呀！蔚國，你看起風了。」老爺爺伸出手要和蔚國握手，蔚國趕忙伸手，握住老爺爺冰涼的手。老爺爺說：「謝謝你陪著我。蔚國，咱們回病房吧！」

沒多久，老爺爺出院了。

一年過後。春節又來了，這一天是小年夜，接著就要放春節長假了，辦公室都是過年的氛圍，蔚國與同事們閒聊，「我記得小時候住在眷村內，到了臘月家家戶戶開始醃製香腸、臘肉，一串串高吊在院子內。」

同事們興奮地說：「過年時，小朋友是最高興的，圍著大人問：『到底時麼時候過年？』整日聞著香腸、臘肉的香味，深怕著那隻小狗、小貓、老鼠偷吃了。」

蔚國微笑，「哈哈，那得站衛兵保護著。」蔚國想起小時候，爸爸真的叫蔚國拿把椅子坐著，看著香腸、臘肉；想到這兒，不禁莞爾。蔚國接著說：「我還記得理髮，爸爸要我理髮，我一定會抗議！只因為理髮阿姨老是把我理成大平頭，可是爸爸會說：『你要戴著老帽過年嗎？』過年就是新的景象，新的希望。這得先從自己頂上的帽子開始打點，只不過我的帽子短到不能再短了。哈哈！」

同事們七嘴八舌聊著，「總之一切都要新！洗紗窗，洗地板，洗廚房……。」

蔚國心中浮起過世的爸爸，老人家喜歡在過年時，說著往日故鄉的事情，蔚國爸爸的老家在大陸北方，天氣冷，生餃子一下子就凍了！煮的時候，冒著蒸氣，餃子就在熱水中滾動，圓圓滾滾，飽飽滿滿。

蔚國突然想到老爺爺……他不知道過得如何？好快，一年就這樣過了，榮民之家應當也會為這些老兵準備年菜，做些增進過年氛圍的活動吧！蔚國幽幽嘆了口氣，「唉！」

「怎麼了？」

「沒事，想起一個老先生。」

同事們叮嚀，「不管過去的一年是酸或是苦，總是過得去的。」

是呀！不管怎麼樣總是過得去的，可是……老爺爺過得去嗎？蔚國想起一週前他訂購了一本書，算算日子，也應該到了。他去文書室，打開收信櫃，果然寄到了，還有一堆廣告信，看來許久沒人來收信了。蔚國檢視著，有封信是寄自榮民之家給蔚國的信，是老爺爺的來信。蔚國趕忙拆信一閱，內容略以……

> 我愈來愈覺得自己像是活在戰爭裡，畫面是鮮明的，現在的我無時無刻都聽得見槍聲。過去並未隨時間的流逝而失去細節。這太痛苦了，我想是我的時間到了。

蔚國的心頭有些不安，連絡了家屬，沒聯絡上。

隔天就是除夕了。這一天，寒流突然來襲。晚上，蔚國一家人圍爐，吃團圓飯。到了十二點，蔚國穿上新衣點燃鞭炮後，開始燒紙錢，帶著家人祭祖，向列祖列宗牌位磕頭，街坊鄰居傳來了打麻將的洗牌聲，充滿了歡笑、吆喝與熱熱鬧鬧的人聲。小朋友到街上放炮，火樹銀光照亮一張張童稚的笑臉。

新的一年來了！

休完春節假期，上班幾日後，蔚國終於聯絡上老爺爺的女兒——秀妹，秀妹在電話中語氣冷漠，沒有多說些什麼，只說：「我會到醫院和心理師談談爸爸的事！」

幾天後，秀妹來了。

老爺爺在臺灣取了阿美族太太，生了秀妹。秀妹的生活過得並不太好，年輕時叛逆，逃家，為了要離開讓人窒息的家，她十八歲結婚，又離了婚。自己帶一個小孩。秀妹表示，自小就常常看見爸爸沏著茶，一個人呆坐著，一坐就是一個下午，似乎掉入了過去時光的深淵裡。

秀妹說：「我一輩子也不能忘懷爸爸的面容，藏著悲傷、哀愴，讓人生心恐怖。每回只要看見爸爸的那張悲哀的臉，我就會害怕，想要躲起來。」

「老爺爺，這種情形多久了？」

「打從我懂事以來，他就是這個樣子。」

「不過，爸爸不曾打過我，也不會罵我。只是無形的害怕，讓我們很少交談。我結婚後，生了一個孩子，交給媽媽照顧，有一次媽媽外出，孩子哇哇大哭。我爸爸……我爸爸……」秀妹情緒有些激動。

蔚國為秀妹倒了一杯水，「先喝口水。」

秀妹喝了口水，雙手緊握著杯子，繼續說：「我爸爸竟然掐著孩子的頸子，幸好我趕回來看到，孩子已經憋得臉成了紫醬色，我尖叫著，驚醒了爸爸！從那時起我完全不願意再見到他，我媽過世後，他自己搬到榮民之家。」

秀妹喝光了溫水，將茶杯放置在桌上。

「還需要再加點水嗎？」

秀妹搖頭，「謝謝，不需要了。」

「爸爸最近好嗎？」

秀妹冷峻著一張臉，「爸爸已在半個月前過世了。」

蔚國訝異地說：「怎麼一回事呢？」

秀妹接著說：「他在榮家自殺身亡。」

蔚國感到一股涼意，「算一算日期，老爺爺是在農曆新年前走的。」

「心理師，你怎麼知道的呢？」

「這是您的父親生前寫給我的信。」蔚國將的信放在茶几上，「這封信應該是他在離開世上前幾天寫的。」

蔚國和秀妹彼此都說不出話來，兩人沉默了一段時間。秀妹遲疑著，看著桌上的信。

「收下吧！他畢竟是妳的爸爸。」

秀妹顫抖地收下。她抽出信紙，靜靜地讀著，四周悄然無聲，只聽到時鐘的滴答聲響……閱畢後，秀妹收了信，抬頭看蔚國，「我的爸爸……」

秀妹的眼濕濕的，說不出話。

蔚國送走了秀妹，突然感到頭痛了，他本想下午請個假，好好休息，但醫師留蔚國下來，為報考志願役國軍官、士、兵的年輕人做身心測驗。

午餐後，蔚國吞了一顆止痛藥。午休時，他稍微睡了一下，迷迷糊糊中有人輕輕地喚醒蔚國。

天下起雨了。

蔚國抱著槍，連日的攻擊，他實在太累了，靠著電桿盹著，雨絲點點打在他的臉上。四處都是硝煙，遠處傳來陣陣的砲聲，驚醒了蔚國。蔚國強打起精神，帶著部隊慢慢前進，滿眼的殘牆斷壁，這些原來是樓房瓦屋，卻淹沒在滾騰的硝煙裡。細雨斜落，迷濛中，突然響起急驟的槍聲，蔚國迅速臥倒，下令所有人開槍還擊。

一陣激戰後，槍聲緩緩疏落。

蔚國揮一揮左手，比了繼續前進的手勢，前方約五十公處，一個黑影從蒼茫的雨絲中閃過，被狙擊手一槍擊中倒地，前往偵察的士兵回報，透過無線電：「報告長官，敵軍受傷，要如何處理？」

蔚國回應：「斃了！」

驀地，「碰！」一聲槍響。

偵察兵又回報，「一名受傷的敵軍……」

蔚國仍說：「斃了！」

偵察兵又接著回報，「一名受傷的敵軍……」就這樣，受傷的敵軍無限多，無線電直呼：「報告長官，要如何處理？」

蔚國不斷地說：「斃了！」、「斃了！」、「斃了！」……

槍一直吐著火花，似乎永遠槍斃不完這些受傷的敵軍。

這些被蔚國下令槍斃的敵軍，一個個的頭骨爆開了，站起來團團圍住蔚國，蔚國定睛一看，竟然是老爺爺……

此時，秀妹抱著孩子出現在蔚國的身旁，正要走向前去。

蔚國趕忙拉住秀妹，「小心！」

秀妹的孩子哭了，她將懷中的孩子交給蔚國，蔚國邊安慰哄著孩子，邊勸秀妹，「別再往前走了。」

秀妹突然面露凶光，掐著孩子的頸子，頓時孩子的臉成了紫醬色，秀妹惡狠狠地說：「我一輩子也不能忘懷爸爸的面容，藏著悲傷、哀愴，讓人生心恐怖。每回只要看見爸爸的那張悲哀的臉，我就會害怕，想要躲起來。」

蔚國一陣駭然，推開了秀妹，「秀妹，住手！」秀妹跌倒。

那群老爺爺們消失了。

接著秀妹從眼前消失了。

蔚國抱著的孩子驚呼，「秀妹！秀妹！」

孩子哇哇大哭，蔚國安慰哄著，「別哭！別哭！媽媽等等就回來了。」

孩子的哭聲慢慢微弱，接著孩子也在蔚國的懷中消失了。

蔚國驚覺到他的士兵，竟然全部都不見了。四周的戰士慢慢接近，蔚國警覺拿起槍瞄準，蔚國分不清接近他的戰士是敵人？還是自己人？蔚國看著他們，他們的面容都是青澀的模樣，愈聚愈多……愈聚愈多……聲音愈來愈嘈雜，驚醒了蔚國。

蔚國睜眼一看，考生已經來了。

這群考生以原住民居多，他們處在轉為成人的時期，有著年輕人的輕狂和大膽，但眼神也透著怯意，面對未來感到不安。

蔚國想起十八歲報考軍校，口試官問：「為什麼要報考軍校？」

蔚國語氣堅定，「爸爸是軍人，我要像爸爸一樣勇敢，報效國家！」

「好！子承父志，國家需要年輕人，官校歡迎你。」口試官與蔚國握手，鼓勵道：「加油！」

蔚國又回憶起當時在口試處旁貼了張海報，上頭寫了美國甘迺迪總統的名言——「不要問國家能為你做什麼，要問你能為國家做什麼。」這已是三十年前的往事了。

蔚國突然感嘆，「老爺爺這輩子，似乎沒有為自己好好的活，一生都在戰爭中度過。」他覺察到心中有些難過，做了些自我調整。蔚國不想因為自己的情緒影響到考生的身心測驗。

蔚國在測驗的空檔，與一位阿美族的高中生閒聊，「你為何想要來從軍呢？」

那個孩子睜著大大的眼，閃著十八歲少年才有的羞澀，「爸爸說：『工作不好找。』要我來當兵！」

他對著蔚國微笑。

蔚國覺察到那個孩子正用微笑掩飾焦慮，他的雙手在交互搓揉。

蔚國安慰道：「沒事了，心理師隨口問問，別介意。」蔚國與他握手，就像當初蔚國報考軍校，口試官與蔚國握手一樣，鼓勵那個孩子，「加油！」

蔚國瞧著他離去的背影，那個孩子繼續兵檢流程。他穿著迷彩綠的兵檢外衣，消失在迷彩綠叢中，四周全是年輕人的笑語。驀然傳來成串的鞭炮聲，還有沖天炮的爆炸聲，如雷閃過。原來今天是農曆正月十五，炸寒單的日子。肉身寒單站立在神轎，接受炮炸的洗禮，肉體承受炙熱的痛楚，藉以還願與消除業障，窗外一片煙霧，吸引了這群穿著迷彩綠兵檢外衣的少年們。蔚國看到了那個孩子和他的同學，他們全是原住民，臉上閃過興奮的神采。透著窗，蔚國見到層層硝煙，似乎也幻聽到槍聲、砲聲和戰士的哀泣！

下班後，蔚國回到家，只覺得身心俱疲，隔日是週末，他睡到上午十時才醒來，看到太太正逗著一歲半的兒子，蔚國加入他們的遊戲，此時音響傳來John Lennon輕柔的歌曲……Imagine all the people Living for today…蔚國掉下眼淚。

太太溫柔地說：「怎麼了？」

心理師緊抱著太太和兒子，「沒事……我只希望我們能好好地活在當下，過好每一天，不必為過去後悔，不必為未來擔憂。」

蔚國的孩子睜著大大的眼，小小的臉龐微笑地看著蔚國。

# 守著大海

晨會時，鄭醫師在精神科急性病房會議室的白板上寫Catatonia，坐下後又轉頭看看白板，站起來加寫中文——「僵直症」。

鄭醫師長髮及肩，是位女性精神科醫師，走路昂首挺胸，沉著淡定。她的魅力在於微笑，讓嘴角彎得恰到好處。那淺淺的微笑，總能在第一時間抓住人們的視線，無論病人如何地無理取鬧，她總是優雅以對，並且能夠快速地辨別是症狀干擾？還是行為問題？就像她的白袍下的服裝，水藍色的襯衫，藍色的牛仔褲，給人簡潔、俐落的感覺。今天的課程是僵直症，鄭醫師說：「僵直症是指病人一再重覆某個姿勢或複雜的連續動作，像雕像般維持同一姿勢一動也不動，時間可以達到一整天。這個症狀被稱為『蠟樣彎曲』，英文是Waxy Flexibility。」接著鄭醫師在白板上寫「Waxy Flexibility」，藉以強調這個症狀。

我看著白板，聆聽著鄭醫師的話語，思緒就在白板上的藍字——Catatonia、Waxy Flexibility，像她穿的藍色襯衫一樣的藍色系，慢慢擴大擴大……於是我的思想遁飛出去了。我想起一位原住民老太太，阿美族，名字是舞賽。她的女兒巴奈告訴我「舞賽」在阿美族語是情人的意思。舞賽有一個習慣，會守著藍藍的大海。

族人常常說，「舞賽，又在守大海了呀？」

不論陰天或是晴天，她總是坐在沙灘上看著大海。坐久了，一動也不動的舞賽，感覺上已經成為雕塑了。藍天、大海、沙灘，加上青山，舞賽完全地融到畫裡面。直到她的女兒——巴奈覺得她不大對勁，送到醫院，醫師診斷為「思覺失調症、僵直……」。

住進病房後，舞賽顯少與人交談，總是靜靜地坐在大廳，透過窗戶，看著藍藍的天……進入到僵直的狀態。

上週晨會時，急性病房的值班護理師趕忙到會議室，打斷了交班會議，通報：「舞賽又出現Catatonia了。」

由於僵直症，在臨床上很少見。主持會議的鄭醫師靈光一閃，「我們一起去看看Catatonia的臨床症狀。」

職能治療師、社工師、心理師和交班的護理師，一群人浩浩蕩蕩前往急性病房。

鄭醫師輕喚，「舞賽！舞賽！」

舞賽沒有任何反應。

醫師將舞賽的手扳到空中，她的手竟然就這樣停在空中，「各位，看到了嗎？這就是Catatonia的症狀。她的肌肉，橫紋肌處在緊張的狀態。」鄭醫師捏了一下舞賽的手臂，我在一旁看著，感覺到舞賽的肌肉非常僵硬，她接著說：「久了，會導致橫紋肌溶解造成急速的損傷，肌肉細胞的壞死及細胞膜的破壞，還有肌肉蛋白質的肌球蛋白會滲漏出來，進入到血液中，接著出現在尿中，不處理會變成急性腎衰竭。」

語畢，鄭醫師環視醫療團隊，「有沒有什麼問題？」

我端詳舞賽的神情充滿了呆滯，彷彿坐了時光機，飛進到過去某個時光點，我問鄭醫師：「舞賽可以做心理諮商嗎？」

「在精神科轉介個案給心理師時，會先評估個案的狀況，適合心理諮商，就會轉介了；如果只適合藥物治療，無法溝通就不會轉介了。舞賽，這位老太太必須以藥物控制為主。」鄭醫師頓了一下，「還有……你會說阿美族語嗎？」

我搖搖頭，「不會。」

臨床實務教學後，鄭醫師趕緊作了處理，照會內科醫師治療。此後，我到病房與其他病友會談時，我總是會看看舞賽，打個招呼，但她從來不搭理我。

舞賽的女兒巴奈每天下午都會來照顧舞賽，有一回我們聊到舞賽發病的原因，她告訴我：「媽媽是在大哥死後，才陸續發生這樣子的狀況。」

「大哥，發生什麼事了？」

巴奈語氣有些悲傷，「大哥是海鷗救難隊員，在一次後送病人的任務時，機械故障……」

「你說的是前年在離島發生的……」

巴奈點點頭。

這件事，我的印象很深刻，那班次直昇機的機組人員和護送的醫護人員全部罹難，原本衛生局請我過去對當地衛生所的伙伴做悲傷輔導，但那幾天的天氣不穩，飛機停飛；改換搭船，海象不佳，風浪過大，無法開船。

巴奈說：「自大哥葬身大海之後，媽媽就常常看著大海。起初還有些反應，後來完全沉浸其中，自去年起體重急速下降，前一陣子開始不吃不喝……」

後面的狀況，不必巴奈說，我就知道了，在舞賽住進來的隔天護理交接的晨會，護理師做了詳細的報告，「部落裡的族人認為舞賽得了不治之症而求助於本院內科，做了處理後，卻又病發，常常反覆如此。生理檢查一切正常，最後才轉介到精神科門診，經醫師診治後轉入急性病房。」

在藥物控制後，舞賽僵直的症狀減緩，可是卻變得憂鬱，開始拒絕吃藥，常常哭泣，要求出院回家，甚至有自殺的行為。她也就成為被約束的病人，常常看見舞賽被綁在病床上，送進到保護室內觀察。

有一天上午我到護理站送諮商紀錄。

舞賽到護理站。對著護理師說一連串的族語，恰好懂族語的阿美族護理師是大夜班，晚上十點才會來。沒有人聽得懂舞賽的話，她用國語說兩個字：「出院。」

護理師說：「不行，老太太妳回到妳的座位上去。」

舞賽哭了，一直重覆，「出院。出院……」

她拿出一枝鉛筆，用力地戳她的左手。

護理師大叫：「不可以喔！」另一位護理師趕忙通報警衛，招呼辦公室所有的同仁過來協助約束。

舞賽身體瘦弱，很快就被壓制在病床上。

舞賽扭動掙扎，「Na'ay！Na'ay！」每回要約束舞賽都會說這詞，大夥都明白這詞是阿美族語——「不要」、「不行」、「不可以」的意思。

警衛約束了舞賽的四肢，將病床推進了保護室，鄭醫師趕來，說：「打針吧！」

我握著舞賽的手安撫她的情緒。護理師打完鎮定劑後，大夥要準備離開時，舞賽卻緊緊握著我的手，不讓我走，我對舞賽說：「好好休息一下。」

舞賽費勁地說：「我有話……要說……你。」

我疑惑地說：「你有話要對我說嗎？」

舞賽點點頭，「Haen……」

我一頭霧水。

舞賽用國語說：「是……的……」

我理解了，她講的是阿美族語——「是的。」

我看了一下鄭醫師，她微笑點點頭，「好，你就留下來吧！」她接著叮嚀當班護理師，

「約束兩小時，十五分鐘巡一次。」鄭醫師又檢查了綁在四肢的約束帶，「要注意四肢的血液的流通狀況。」

一群人離開了保護室，頓時安靜下來了，我看著弱小的舞賽，眼眶凹陷，臉頰瘦得僅剩一點肉，「舞賽，妳要說什麼？」

舞賽不太會說國語，斷斷續續，夾雜著一些阿美族語，又哭泣著，她一直緊緊握著我的手，抗拒著鎮定的藥效，最後她說著流利的阿美族語，滿面淚痕，我抽出面紙，拭去她傷心的淚水。大約十分鐘後，舞賽沉沉入睡，終於鬆開我的手了，我靜靜看著我的手，上頭還有舞賽的餘溫。從她斷斷續續地陳述，我拼湊出她的意思，理解舞賽要孤獨地坐在沙灘上，看著藍色大海的原因了！

Catatonia、Waxy Flexibility……鄭醫師在白板上書寫的藍字又慢慢浮現在我的眼底，從模模糊糊的藍色慢慢聚焦到鄭醫師藍色的襯衫，藍色的牛仔褲，我又看清了她在白板上書寫的上課內容，她已經在白板加上憂鬱、老年……驀然，「心理師……心理師……」護理師低呼著我，將拉著我回到晨會裡，我完全回神時，鄭醫師正對著我微笑：「有沒有什麼個案要分享的？」

我補充說：「有些嚴重的老年憂鬱症也會出現僵直型症狀，此類病人會出現不吃、不喝、不動、不說話、不合作、不理人，抗拒任何治療。」

鄭醫師說：「是的。」

鄭醫師微微抿嘴一笑，暗示著，「不要心不在焉。」她繼續講課，「一直處在僵直的症狀中是很危險的一件事情，長期肢體肌肉緊繃，會造成橫紋肌溶解。在治療上，可以使用藥物……」

我努力撐著，終於晨會結束了。我進到洗手間，洗了一把臉。我看著鏡中的我。我對他微笑，他也對我微笑。想起舞賽費力地用她可以理解的國語詞彙，努力地表達出她的想法，她告訴我：「我不想吃藥……我不想醒過來……我只有……守著大海，我才能回到和兒子在一起的時光。」

面對這個兩難困境，我嘆了一口氣，「唉！」

我打開水龍頭，冰涼的冷水，讓我聯想到舞賽的大兒子，落海的情景。當人溺水時，身體的本能反應會讓咽喉的肌肉收縮關閉，阻擋水分吸入，兩三分鐘後，因為血液缺氧，會放鬆咽喉吸入大量的水，接著就沉到水底，等到屍體腐爛，身體組織產生了氣體，就會浮上水面了。我閉起眼，不願再想像。那回直昇機失事的不幸的事件，只有舞賽的兒子沒有找到，我自言自語，「在海裡，應該比這水還冷。」頓時，我生起一股寒意，手捧了一把清水，沖了臉面，看著鏡中人，水滴兀自落下，心中充滿了無力感……

我對著鏡中人自語著：「終於，我感覺到冷了。」

# 墜落

阿娟在頂樓陽臺漫無目的閒逛。她的體態有點胖重，只能慢慢地踅過。

原本她不是住在臺東，而是住在西部的都市。兩年前，她發生一些事情，讓她很不好過。為此，阿娟做了一段時間的心理諮商。她還記得與心理師互動的一些過程。

阿娟對心理師幽幽地說：「那種痛，你知道嗎？」她低頭蹙眉，雙手不安地搓弄手指。

「我感受到妳的不安、焦慮，以及難以開口陳述的痛苦。」

阿娟濕紅了眼。那種說不出的痛苦、悲傷，有時是阿娟自己都不願意面對的，它一直被阿娟壓著、藏著、埋著，掩蓋在她的靈魂最深處，阿娟以為可以當做沒任何事情發生，可是當獨自一人時，它又常常跳出來。阿娟的左手前臂內側一條條刀痕，就是她逃避的方法，用肉體的痛抵消心理的痛。

「心理師，你知道嗎？當我用刀劃過時，血自潔白的肌膚，那道紅色的開口慢慢沁落，我聽得到自己的血一滴一滴落在地板上。那時我才感覺到自己的存在；同時，我也興起一股快感，我正在報復我的身體。」

心理師看著阿娟的手臂，輕柔地說：「我不知道發生什麼事？但是我感覺到每一條刀痕後面，都是痛苦所造成的。妳願意說說嗎？」

阿娟不再言語，看著諮商室內的粉蠟筆。

「想畫畫嗎？」心理師將蠟筆及畫紙放在茶几上，「如果不想講，就畫吧！」

阿娟有繪畫的才能，很快地畫好了一幅畫。

那幅畫是一位裸女在半空中躺著，她的胸口，插著一支巨大的十字架，血在她的雙乳間溢流，雙腿是張開的，溢流的血自陰部滴落下來。背景是夕陽殘紅，整個畫的基調是紅色，是血一般的紅色。有如身陷在血泊之中，是一種無望感，令人驚慌、無助及沮喪。

阿娟嘴唇微顫低聲說：「我就是那個女子。」

阿娟在日常生活裡，感覺常常是麻木的，有疏離感，注意力、記憶力都不好，有抓不到現實的感覺，甚至有時不知道自己去到那兒？等到回神後，才訝異自己怎麼會走得這麼遠！

她常常做惡夢，一個陌生人開車載著她，開到一個不知名的地方，四周都是峭壁，接著峭壁慢慢地向上升展，直到天空變得窄窄的。那個陌生人，雙眼變得空洞，再轉變成兩團黑孔，嘴角上揚，咧齒對阿娟微笑說：「妳出不去了。」嚇得阿娟自夢中驚醒，不敢再入睡。

遠離了西部，搬來臺東後，症狀似乎減緩了，每逢心情不好時，她會到陽臺看看遠方的都蘭山、綠島，面迎太平洋，曾經有人告訴她：「太平洋是沒有記憶的海洋。」阿娟張開雙臂，拂著風，她學著讓自己的心感受細緻些，有那麼一二刻似乎可以在風裡，聞到海味，聞到太平洋的味道。

今天阿娟到陽臺想曬太陽，可是天空老是有片陰雲。她又興起了那股感覺，頓時一股顫慄襲來。阿娟覺察到自己的恐懼，於是她從呼吸調整自我的感覺。

驀然，她聽見一隻小貓虛弱的叫聲，阿娟循聲找到牠，發現貓的脖子被強力橡皮筋勒著。

「小貓咪，別怕！我幫你解開。」

那隻僅存一絲氣息的貓，叫了一聲，試圖用牠衰弱的前爪防衛自己，阿娟避開了小貓咪微弱的攻擊。一股憐惜自心底生起，阿娟說：「小貓咪，我好想能聽到你的想法，你的感受。我希望你有個人可以聽你的故事，這個人不會批判你，不會罵你，不管你說什麼都會繼續聽下去。小貓咪，我來當這個人好不好？」說完後，阿娟撫摸著貓背，小貓咪安靜下來了。阿娟，細細地將嵌入頸肉的橡皮解開來。再檢查小貓身體，發現貓的頭有一道很深的傷口，身上多處受傷，趕忙地將牠送給獸醫師醫治。

獸醫師看到小貓咪嚇一跳，「怎麼傷的這麼重？」

阿娟概略說了經過。

獸醫師立即急救，為小貓咪縫合傷口，打針，住院。經過一段時間的調養，小貓恢復了活力，但是頭上那道很深的傷口癒合後，長了肉芽，摸起來凸凸的。獸醫師說：「這算是不幸中的大幸了，終於把牠的小命救回來了，吉祥有福的一隻貓咪。」

此後，阿娟稱小貓咪為貓吉。

調養後，貓吉轉為健康，阿娟喜歡抱著貓吉，讓貓吉躺在她豐腴的小腹。

有貓吉的日子，阿娟的生活，出現了色彩。

這天晚上，她入睡時，貓吉跑來磨蹭，她醒了，抱著貓吉，突然有人闖入她的房間，一個蒙面男拿一把尖刀抵住她的脖子，低沉道：「別亂動，我只是拿點錢。」

阿娟抱著貓吉發抖，開了燈，給蒙面男所有的現金。

「就這麼一點！」蒙面男拿走現金，眼神卻直勾勾盯著阿娟，冷言命令：「把貓放下。」阿娟放下貓，貓吉輕輕地跳走了。

蒙面男壓著阿娟，「配合我，妳就沒事。我叫妳做什麼，妳就乖乖聽話做什麼。」

阿娟不語，完全麻木地任憑蒙面男擺布。阿娟看著正在發生的事情，感覺好像是看電影，而她是女主角。

阿娟想起多年前，她沒那麼胖時，認識一位男網友。男網友開車，兩人出遊。當天深夜男網友把車開到停車場，停到暗處的車位停放，對她說要先整理車上物品，卻一手壓制她的肩膀，一手撫摸她的胸部及腰部，阿娟極力尖叫與反抗，激起了男網友的興奮，阿娟抵抗後，氣力用盡，內心的害怕到了極點，整個人靜下來。

男網友見她呆住了，「乖乖聽話，就不會有事。」

在車上短短的時間，阿娟不哭，不鬧……完全的迎合男網友。男網友完事後，倒是一臉歉然，說了一句，「對不起！」

此後，阿娟不喜歡自己的身體，拚命的吃，變得肥肥的。

時間很快，蒙面男緊抱著阿娟，他的身體一陣抖嗦後，完全地趴在阿娟身上。

這時候，她想起在西部都市，那段接受心理諮商的日子，那次畫完圖，阿娟對心理師說：「我無法形容我到底發生了什麼變化。我從來沒有這麼害怕和無助過，我失去了對自我的控制力，同時我也發現，當我的害怕過了那個極點，竟然就不怕了。」

阿娟看著她的畫作，沉默了一會兒，繼續說：「那種感覺就像我離開了身體，我在一旁看著這一切，我脫離了無助感，站在旁邊看著我……那個荒謬的我看著我在上演一場無聲的默劇，我完全地配合他的需求。

阿娟淡淡地說：「事後，警察問我是不是做了些什麼刺激他，他才會這樣！聽了之後，我崩潰了。我不相信任何人，一再地陷入駭人的惡夢中……我好害怕跟人在一起，也害怕獨自一人。那天起，我再也不是原來的我了。」

後來阿娟中止了諮商，她想靠自己走出來，只因每回到心理師那兒去，又會再經歷一次惡夢，心理師人很好，安慰她說：「有些人也遭到了不幸，但上帝關了門，祂一定會開另一扇窗。」

她明白這個道理，但是她就是不想去諮商了。

蒙面男看著沉默的阿娟坐在床上，仔細端詳她的神情似乎不在這個空間裡。蒙面男突然冒出一句，「對不起！」

阿娟裸著肥胖的身體，噗哧笑出來，「你們怎麼都說同樣的話呀？」裸體的蒙面男瞧見牆上那幅裸女胸口插著巨大十字架的畫，慌忙地穿上衣服，忙亂中上衣還穿反了，他搶奪阿娟的錢也沒拿，轉頭就走。

赤裸的阿娟看著當初在接受心理諮商時的畫作，喃喃自語：「我就是那個女子。」

貓吉跑到阿娟的身旁「喵！喵！」叫著。之後，整個房間沉默下來了，貓吉溫柔跳到阿娟懷裡，終於有一絲溫暖，阿娟輕喚：「貓吉！」

阿娟裸著身子，宛若嬰兒般的單純，她靜靜地擁抱貓吉，當撫觸到貓吉頭上那道很深的傷口癒合形成的凸肉芽時，貓吉在阿娟懷中摩挲著阿娟受傷的身體與阿娟受傷的心。

直到這一刻阿娟才真正看到痛苦、恐懼、愚蠢、羞愧和哀傷是如何的使她悲痛難抑，那些過往太難堪，使得阿娟羞愧地在陰暗下生活，但在這一刻能瞭解阿娟心靈的，撫慰阿娟心靈的，只有受過傷的貓吉。

阿娟滴下了淚珠。

此後，阿娟更封閉自己了。有一回晴天的黃昏時分，她鼓起勇氣到公園，公園中央有個噴泉，阿娟坐在一旁，散步的人、跑步的人，帶著小孩子的父母，阿娟看著他們叫著、笑著、玩樂著……火球般的夕陽燒著似的，映在噴泉噴濺的水滴，像是跳躍的火星子，點點都會灼燒人，阿娟感覺到不安，一個小男孩走過來對她微笑，阿娟突然覺得害怕，小男孩的微笑的嘴角滲出血，他的大眼變得空洞轉變成兩團黑孔，一股毛骨悚然的恐懼襲來，阿娟高聲尖叫，小孩嚇壞了，大哭不已。

小孩的母親趕忙抱走小孩，父親大罵阿娟。火紅的夕陽照得阿娟眼都睜不開，只感覺到身體的血液倏衝到腦門，太陽穴迸跳著。公園圍觀的人群，變成了狼群，伺機要攻擊阿娟……

警察趕來了，表示要將阿娟帶到派出所，阿娟回復正常願意配合。派出所警察做問訊記錄後，問阿娟：「需不需要我們送妳到醫院？」

阿娟搖搖頭。警察留下阿娟在警局休息，等到她的情緒完全穩定後，才讓阿娟離去。

阿娟又常常做起重複的惡夢，那個無眼的陌生人咧齒對阿娟微笑說：「妳出不去了。」這句話像個緊箍咒，勒著阿娟喘不過氣。阿娟的心情崩塌了，她知道該怎麼做了。

今天阿娟又站在頂樓陽臺，展開雙臂，想要擁抱風。來到陽臺時，她總愛這樣做，像個人形十字架，讓風流過十字架；阿娟看著都蘭山、太平洋，還有綠島就能夠忘掉一些事，讓她明天……明天又能面對太陽，這回阿娟卻不想在明天看到太陽。她下了決心，要拋開這一切，想重獲自我。於是，阿娟脫了鞋子，費上好大的勁，才讓這肥胖的身子站在牆上。

「喵！喵！」貓吉輕盈地躍上牆，舔著阿娟的腳趾頭，用頭上的肉芽摩挲著阿娟的腳踝。阿娟對著貓吉微笑，「貓吉，謝謝你這段日子的陪伴。」阿娟邁開腳步，讓地心引力拉著她落下。貓吉看著天空嗚叫：「喵！喵！」像是揚起最終的曲目，貓吉瞳孔如針，只見太陽藏在那片陰雲的後方。

# 離情

分手！

原以為我會很勇敢，很果決地面對這兩個字。會瀟灑地說：「好吧！從這一刻起，我祝你幸福。」

但事情的困難超過我想像的程度，記憶似大海波濤不斷地湧來。我以為只要切斷我的感官，不去看、不去聽，他就會消失了……但隨著時間的流逝與生命的改變，「想他」的念頭竟像隱藏在海面下的冰山，那樣深不可測。

冬日傍晚，下著雨，綿綿細雨，一絲一絲。天暗了，一陣乍寒，雨聲淅淅瀝瀝，我想起了我們之間的一切一切。

## 一

乳房，是我的身體。曾經擁有「她」，但我終究失去她了。

我只告訴他，我的乳房有些異狀，沒提到要作切除手術。

我成為失去乳房的女人，一切也隨之變化了。

## 二

昨日半夜，讀取他Line的訊息，我不知如何回應？我想他一定很納悶，「這個女人在想些什麼？」怎麼會因為他要與我有情人終成眷屬，就不理他了？不是應該很開心嗎？

他常說：「多少女人想要我啊！」

我關了燈，躺在床上，原先堅定分手的心，又動搖了。我忍不住在Line傳一些無聊的句子。接著，我盯著畫面。在茫然的黑暗中，我將手機放置在旁，一會兒又拿起來滑動。不安的心，在等他已讀；不安的靈魂，在等他回我。這一回說不定會換成他「已讀不回」。

我在想，我拒絕了他，現在我們之間還有意義嗎？

昨天，天氣寒冷，我們去逛街，看見牽手過馬路的老夫妻，他指著他們說：「我們兩個老了也會這樣，牽手過馬路。呵呵！」

他乾笑了兩聲，牽著我的手，我可以感受到他的手，在冬夜格外地溫暖。同時也感受到他的淡淡憂愁，雖然他還是盡量地表現他很開心。

我真的應該慢慢地，狠狠地離開他……

終於他來找我了，緩解了我的焦慮。他說想起了與我牽手過馬路的感動，雖然是在半夜，仍然急迫地想來與我分享。

「我們牽手過馬路，對我而言是感動。那是天倫……」我不明白他的意思，天倫應該是指血緣關係吧！

在我沒有拒絕他之前，或者是說在我生病之前。我們的關係是認識以來最美好的，有一回我們在山林間散步。

我問：「你會愛我多久？」

他回答：「很久。上了天堂還要繼續愛，因為你就是我的天堂！」

今天，我想了幾次，就哭幾次！

一切都是這麼美好，如今我要讓這個美好消失了。

三

乳癌手術後，我不願意見到、聽到與他有關的一切。我消失了一段時間，獨自踏上宮里島，當飛機向上攀飛時，我看著窗外一切都變得小小的，我的內心沒有什麼期待了，甚至此刻墜機罹難，未嘗不是件好事。回臺灣後，捺不住思念，我們還是見面了。過去彼此熟悉的擁吻，我突然感覺到陌生，推開了他。他說：「我覺得妳的乳房變小了，是做了乳癌手術嗎？」

我沒有否認，「有這麼明顯嗎？」

他明白我的病況，也願意接受我的狀況。在擁抱的剎那，闖入我腦海中的影像是彼此身體在纏綿地交融。但是我失去了乳房，不再是個完全的女人了，我自問：「還可以擁有他的擁抱嗎？」於是我想了各式理由來拒絕他。

他自嘲，「原來跟我搞曖昧或交往的對象，都被妳幹掉了！他們都離開我了。我下半輩子成了光棍哥，妳要負責！」

「哈！」我噗嗤一笑，當成是討我歡心的玩笑話。

我問他：「我們還要做朋友嗎？」

「我……」

我制止了他的回應，「兩天內如果沒有回答我，就是表示：『我們不再是朋友了。』」

「蛤！什麼話？我倆的深情如海呀！」

我微笑著，「如果你在我身邊，大概會笑我是個愛哭鬼。」我接著緩緩說：「謝謝你，我們曾經快樂過。」

那一晚他帶我去看夜景。天冷，我們沒有下車，一同坐在車內透著窗，看著眼前的城市。夜深了，只有那棟大樓的霓虹燈，想抓緊最後的一點時間，一閃一閃拼命地喧鬧著。

我發覺他的笑容不一樣了，以前是打從心底的快樂，現在感覺很沉重。他沒有意思要擁吻我，我感到失落，雖然我有準備，但內心還是有親密擁吻的期待。可是當預期的結果來臨時，心頭是哀傷的，那是失落的哀傷。這回我明顯地感受到他疏遠我了。我說：「我知道我應該慢慢地走開，可是目前我還做不到。」

他安撫著，說些沒有重點的話：

「一切都一樣。」

「想太多了。」

「我們又沒有第三者。」

「我們會像以前一樣快樂，未來充滿希望。」

我忍不住問：「你會因為我失去了乳房，而覺得自己是受害者嗎？」

他直接反應說：「不會啊。」

「當我赤裸裸時，你看著我胸部的疤，感覺是什麼？」

「就是乳癌啊！為了健康才動了手術。」他舉安潔麗娜裘利的例子，「她還整個都割掉呢！」

我知道他的不忍，擔心傷到我，怕我會難過！

我應該先離開他，才對吧！他現在所說的話都是在安撫我，其實他若是冷淡，有助於我下決心離開他。我將這些想法委婉地對他坦白了。

他回說：「一路走來，始終如一。」

但感覺……就是變了！與他在一起，我變得不自在，已經不像以前，像個小女人黏著他了。

因為我沒資格。

## 四

或許現在是我離開他的好時機，應該讓他將心思花在追求別的女人身上，找尋自己的幸福。戀人就是這麼奇怪，似乎都讓彼此馴養著，我想離開，但內心總有一股吸力，又將我拉回來。前幾天，我們出去。在車上，他撫摸我，就像是往昔一樣，沒有改變。我腦海卻想著：「他可能是擔心如果他不這樣做，會以為我將會自認自己是個已經失去魅力的女人了，為了不讓我傷心，才保留了我們之間的習慣吧！」

我問他：「你會覺得我不想撫摸你的身體嗎？」

他充滿了情慾的語調，「不會啊！」逕拉著我的手觸弄他的敏感。

他瞭解我的身體，瞭解我的感覺。這一次巧妙地避開了失去的乳房，我享受他給我的深入，他也享受我給他的緊實，在身體的愉悅中，我們喘息、激情、衝刺……

事後，他靜靜地擁抱著我。這是手術後，我們第一次做愛。

可是我在想，這時候我們做愛的意義是什麼？

他應該對分手是很有經驗的人，知道如何減少親密行為，漸進地、有步驟地不傷害到對方，然後慢慢地分開！以前我說要離開他，他說他有三不——

「不可！不准！不行！」

這次如果我說：「分手吧！」

他應該仍然會說那三不。

或許這些都是分手的歷程，反反覆覆，折折騰騰。

想看到與他有關的一切，但最不想看到的也是與他有關的一切。

## 五

為了離開他，我尋求心理諮商，每週會談一次，已經會談了三個月。在諮商的過程中，我幾乎都在哭泣。

心理師說：「乳癌切除是自我與乳房關係的結束，是一種失落，心中的某一塊，而且是最親密的一塊肉，陪著自我一起走過青春的一塊肉，就這樣逝去了。」經過這段時間的諮商，我越來越能體會心理師說過的一段話，「過去、現在、未來，是一個流動的過程，能抓得住的只有現在，就算現在可以抓得住，立馬也成為過去了。」

是的，任何事情當然都過得去。

經過諮商療程後，我想我更有能力適應了。如果開口說分手是傷害，我就應該立下決心，以後在街頭遇到了，也要避開。我會跟他說，我們的感情是從我還沒生病前開始的，我並不想欺騙他什麼，只是該結束了。

我回憶起，當時他知道我的乳房有異狀時，他流下淚了，告訴我，他不捨，他不會離開我的。或許我一直在這種感動下，放不下他。我說：「如果你放棄，我是絕對不會糾纏你的。」

那時他說：「謝謝妳帶給我今生最美，最值得回味的愛情，愛你無怨無悔！」

現在，我感覺他開始慢慢地冷淡我了，我有一種壓力放下的感覺。我想可以這樣跟他說：「我感覺你可以放下了，這是一個Happy ending。」我鼓起勇氣，在Line傳訊：「我應該要戒掉你了，戒掉你的情，戒掉你的愛，戒掉讓我成癮的你！」接著又傳：「以前我說不想占據你和朋友相聚的時間，我說你和我在一起犧牲了許多東西。這次希望在你的支持下，能好好地戒掉你。」

他回我：「別說家鄉話，鄉音太沉重！」

很明顯，他沒有要挽回意思。

太好了，這次分手一定會成功的，我的愛情觀是絕對沒有勉強存在的。

我好想哭……

他是不是應該溫柔地給我一些安慰嗎？怎麼會在我這麼難過的時刻，顧左右而言他呢？可是我一轉念，我擔心的是——他如果放不下，我也會放不下。這又不是我的原意了。

我討厭自己的猶疑不決。

他回了，「我看懂了，如果我讓妳成癮，相對的，妳也讓我成癮了。我們就在成癮中珍惜成癮的妳和成癮的我，平平凡凡過日子吧！我是妳的藥，妳是我的藥，相知相吸。」接著又調皮的回：「修正，是……相惜！」

我哭了。哭中帶著笑！

我並不開心，因為會有其他的問題要面對。我傳給他：「你一直對我很好，不要覺得離開是辜負我，你沒虧欠我！」我又擔心他，會不會像我一樣難過，我不懂男人面對分手時，是不是也會難過難熬呢？

是啊！當女人為情所困時，男人何苦為難著女人呢！

下班等紅綠燈時，回到家安靜時，我都會掉淚、難過。他也會嗎？

一個得癌症的女人，不應該談感情吧？

# 六

在這之前，我會忍不住看我們Line的對話，但我現在害怕看這些對話，也害怕見到他。擔心他是不是和我一樣，或許是我想太多了，他自然有自己應對的方法，我很詳細地在Line上敘明了我的病情，後頭再加上這句話：

「你可不可以給我一個痛快，告訴我：『我們分手吧！』」

終於，我按了傳送。

不知道為什麼，我覺得放下不難了。我哭了，愈哭，愈傷心。愈哭，愈悲切。想起心理師說：「如果難過時，將自己置空，看著這個難過，把對難過的感覺寫下來，再好好地沉浸在所寫的文字中，從文字中得到撫慰的力量。」

我是不是也可以這樣做——「如果分手了，將自己置空，看著這個分手，把對分手的感覺寫下來，再好好地沉浸在所寫的文字中，從文字中得到撫慰的力量。」

我停止哭泣，信筆寫下了

天堂　分離

天堂
有我們
的故事

我離不開
天堂
有我們
的愛情
我離不開
我們的故事
中 有愛情
有愛情
就有天堂
我將愛給你
天堂有你
我將情留下
情在人間
天堂你
人間 我
天堂 人間 平行
你我 之間 分離

寫完後，再三細讀。心想：「我們真的能分手了！」

冬夜愈來愈深了，下著雨……我直覺地感到冷了。

驀地，心中一股情愫的悸動襲來，腦海浮現了他的微笑……

淚又流下來了。

1
倪墨（Nima），誰的 6
——一位心理師的小說集 6

# 短繩

方玉寄了email給我。

我有點訝異！

她原本是我的個案，現在是視障者陪跑員。

方玉的先生——雨廷是飛行員，倆人是在雨廷任官後認識的，經過八年的戀愛結婚。新婚一年，雨廷就在飛行的戰訓中，為國殉職了。我想到一年前與她諮商情景——

「心理師，我又作夢了。」

「妳願意說說嗎？」

方玉點點頭——

夢境是在空軍基地裡，清晨四時。雨廷駕駛F16，從機堡滑到跑道。

「塔臺，我是0120準備滑出飛行。」

「許可滑出，跑道59。」

「塔臺，0120進跑道59。」

「許可起飛。」

F16呼嘯衝向夜空。斗大的星辰伴著雨廷，直到天明消失。戰訓任務結束返航時，戰機猛然抖動，機艙警鈴大響。

「Mayday！Mayday！高度下降，失去動力！」

「跑道淨空，0120快降落。」

「我到不了！」

「快彈跳！」

「不行，有村莊！」塔臺一陣混亂，不到一分鐘，雷達光點消失。

「0120... We lose you.」

戰機撞山，一片火海

「我獨自在山林找到F16的殘骸和雨廷……」方玉哭了。

我同理著，「這是個令人悲傷的夢。」

「雨廷駕駛F16，曾因機械故障在外海跳傘獲救，有些飛官經歷過這種事後，就停飛了，但雨廷的心理素質強，沒有退卻，仍然回到飛行線上。」

方玉抽出茶几上的面紙拭淚，「對不起，失態了。我原以為自己很堅強，但還是走不出悲痛。」

「失去親人代表自己某個部分也死亡了，特別是突如其來的過世，那個痛苦實在難以形容。這一年，我相信妳過得很辛苦。」

「我以為時間可以療癒一切！」

「多數人也是這樣想的，但真正的痛徹心扉的悲傷，是不會遺忘的。」

方玉哭了，這回她是徹底哭著，用淚水撫慰那顆悲傷的心。我輕握著方玉的手，靜靜陪著她。我知道她信任我，願意展現出她的真實，不必擔心我會勸她說：「妳看別人都可以走出來。」「妳還有人生要過，堅強點。」「不要哭了。」

陪伴悲傷者，需要更多的體諒和接納。

兩週後，方玉準時到了諮商室，方玉看過身心科，醫師診斷是憂鬱症。方玉告訴我：「承認自己有憂鬱症是很困難的事，憂鬱症等同於無能。但是我終於知道我是軟弱的，尤當想到雨廷，我會抱怨為什麼？為什麼會是他？」方玉流出淚水，但她不急著擦拭。我靜靜陪著她，直到她心情平復。

我輕問方玉，「今天想談什麼？」
「想談上次的夢境。這一年這個夢曾多次出現過。」
我解釋，「夢是通往潛意識的道路，理解夢會讓我們有機會覺察與改變，找到新的行動方向。」
方玉點點頭，「這個夢，我還沒說完……我找到失事的雨廷時，他已經身亡，雙手合疊在胸膛，我打開他的雙手，發現了我的照片，那是他表明要追我時，我送給他的獨照，另外就是一條短繩。他緩緩睜開眼，將照片和短繩交給我，並對我微笑。」
方玉沉思著。
「夢中雨廷將雙手交疊胸前，讓妳聯想到什麼？」
我引導她作夢中所見的動作，「妳感覺到什麼？」
「我的雨廷……至死都將我放在他的胸口上。」
「而妳呢？」
「我一直深愛著雨廷。」方玉閉上雙眸，淚水自眼角滑落。
在分享夢的過程，說夢者出現了流淚或著是感動，通常就是理解到夢的隱喻意涵。
至於短繩，方玉一直疑惑不解。
「我想……是連結嗎？」
「我們原本就相愛著，短繩的意義應超越了我和雨廷之間！」
在諮商療程中，我和方玉都沒找到短繩的意涵，直到最後一次會談，她神采奕奕，流露出自信。
「心理師，我知道雨廷交給我短繩的意涵了。」

「喔！太好了。」

方玉說著短繩的意義，「我想這個夢是我對雨廷的投射，我愛雨廷，我會懷念著他一輩子，雨廷的微笑是鼓勵我要走出來。路跑是我的興趣，我想就從跑步開始吧！跑了一陣子，我在網路上瀏覽到視障陪跑員正在招訓，我報名了。在培訓時，有個項目是要蒙著眼罩體驗視障，讓人陪跑。當我蒙眼時，我害怕、孤單，就像雨廷剛走的感覺。我的夥伴是位媽媽，柔聲說：『別害怕！把心交給我，我們心連心一起跑。』我緊抓著短繩，像是在茫茫大海中唯一的浮木。她用溫柔的語氣提醒我：『小心有石頭。』『上坡，慢慢來。』『加油，快到終點了。』終點時，我拿下眼罩，滿面淚水擁抱伴跑的媽媽。」

方玉的故事讓我濕了眼，牆上的鐘告訴我會談結束的時間到了。我請方玉以一句話為這段諮商歷程做總結？

方玉思考，「唯有深切碰觸悲傷，經過探索、洗滌與沉澱，才有能力面對悲傷，涵容悲傷。」

方玉流淚了，但是這淚不再是為悲傷而流。

時間好快，一年過了。我打開她的email——

心理師：

我現在是正式的陪跑員，在陪跑的過程中，表面上是我帶視障夥伴，其實是他們在療癒我。

昨天，我與雨廷的姊姊分享，姊姊說，雨廷國高中常以自我為中心，鮮少顧及到他人。讀官校時，參加陪跑員培訓，當上視障陪跑員，透過與視障者的互動，雨廷曾說：「我擁有好的視力，是上帝的恩典，我真的要好好珍惜。」此後，他的心柔軟了，更能同理他人，可惜上了飛行線後，就沒時間陪跑了。

剎時，我全然理解那個夢諭了。我很感動，我知道我要好好活下去，而且要活得快樂。

方玉

方玉留給我的網址是她的臉書，有許多她充滿活力的陪跑照片。

我瀏覽著，看到一個大男孩高舉視障夥伴的手在馬拉松的終點衝刺，短繩連結彼此，陽光輝映著大男孩與視障夥伴的微笑。

那微笑真是無比燦爛！

照片下方的一行小字——「短繩之愛永在。憶雨廷！」

# 跋／寫在後面

從參與後山文學新人獎到獲獎，可以說是一波多折。

這些短篇小說，我早就彙整好了。可是我總少了一股投稿的動力，甚至不打算投稿。就在五月三十一日時，一個念頭閃過，「整理好了，就投吧！」

於是我細看簡章規定，發現有一張「出版社的意向書」必須由出版社填寫蓋印，我心想：「天呀！我怎麼會認識出版社。」於是我打了電話給辦理單位「埴紡藝術有限公司」的陳俞均小姐，她介紹了「秀威資訊科技股份有限公司」的許乃文小姐，幫我處理了這個問題，所以這次能得獎，首先要感謝俞均與乃文。

六月一日，我到郵局掛號寄出，六月二日我又收到這份稿件，竟然是寄件人寄給寄件人。所幸臺東大同郵局坦承疏失及時處理，我又急忙打電話給美學館、比賽承辦單位，他們溫暖地表示：「都算在時效內。」七月分獲獎公告時，許多好朋友傳訊息道喜，我的焦慮又起，因為我沒收到通知，我懷疑是不是假訊息？我打了電話向美學館查證，電話那頭，「恭喜！這是真的。」我才安了心。

我一直有個夢想，想將我在臺東服務時，所聽聞的故事從精神及心理的角度寫出來，故事主角的原型都經過匿名處理了，故事的情節也改編了。若是要問他們是誰？他們可能會是生活在我們週遭的朋友、親人，甚至是自個兒。

他們可能得到思覺失調症、憂鬱症、創傷後壓力症，或者是面臨到痛苦，像是自殺、重要親人突然過世或是重大失落。他們內心所衍生出的衝擊是一般人無法想像的。而我身為一名心理師必須要接觸生命中出現破口的這群人，有時在諮商室，個案泣訴：「為什麼會是我？」總會讓我無法回答這些生命中頓挫的問題。

有朋友說：「你如何面對心靈受傷的當事人，而又能保持著平常心？」在我從業這些年，透過諮商室的親身接觸，我發現我與他們是一樣的，我也是脆弱的，我也有痛苦，也有悲傷，我只是個普通人，我必須說並不是我療癒了個案，而是在會心的過程中，療癒了彼此，重新發現內在的力量。當然，也有一些個案很遺憾的，在諮商過程中，或是諮商療程結束後，自己結束了生命。但我想信生命不會白白的走這麼一遭，離去的個案留給我思念，也留給我省思，使我知道當其他人的生命遭遇同樣的困境時，該如何伸手協助，我誠心地感謝他們，願他們的靈魂得到安息。

感謝今年後山文學新人獎評審團對這本書的肯定。我真誠地希望藉由這本書，能喚起社會大眾能正視這方面的議題。

感謝山海文化雜誌、臺灣盲人重建院、皇冠雜誌，因為你們辦理文學獎及徵稿，使我得以磨練文筆。當然，最感謝的是國立臺東生活美學館，辦理後山文學新人獎，一圓我出書的夢想。

還要感謝為我寫序的長官、師長——院長樊聖醫師，樊院長就像一位溫暖的長者，對於精神科總是不遺餘力的支持。原住民作家，多馬斯老師（漢名李永松），身兼教職，並勤於筆耕，在百忙之中為我寫序。鄭映芝醫師，在代理精神科主任時，默默地為精神科做了許多事情，此刻在臺大流行病學與預防醫學研究所博士班進修的她，正準備博士資格考，鄭醫師仍願一讀拙著，為之寫序。另外寫鼓勵小語的伙伴們，莒光均銘感於心內。

也要感謝歷年的精神科主任、代理主任，還有其他精神科醫師；也要感謝專門照護病友的護理長、專科護理師、護理師們；還有要感謝職能師、社工師、心理師、酒藥癮治療個管師、書記、照服員、保全警衛以及精神科所有同仁。

更要感謝閱讀這本書的讀者朋友們，謝謝您們願意花時間閱讀。

最後，我要對大家說：「衛福部臺東醫院的精神科團隊處在偏鄉總是默默地付出，守護著這群受傷的心靈，是他們最大的安頓力量。」

釀文學244　PG2482

# 倪墨（Nima），誰的
## ——一位心理師的小說集

| | |
|---|---|
| 作　　者 | 周　牛 |
| 責任編輯 | 許乃文 |
| 圖文排版 | 蔡忠翰 |
| 封面繪者 | 莊玉華 |
| 封面設計 | 蔡瑋筠 |

| | |
|---|---|
| 出版策劃 | 釀出版 |
| 製作發行 | 秀威資訊科技股份有限公司<br>114 台北市內湖區瑞光路76巷65號1樓<br>電話：+886-2-2796-3638　傳真：+886-2-2796-1377<br>服務信箱：service@showwe.com.tw<br>http://www.showwe.com.tw |
| 郵政劃撥 | 19563868　戶名：秀威資訊科技股份有限公司 |
| 展售門市 | 國家書店【松江門市】<br>104 台北市中山區松江路209號1樓<br>電話：+886-2-2518-0207　傳真：+886-2-2518-0778 |
| 網路訂購 | 秀威網路書店：https://store.showwe.tw<br>國家網路書店：https://www.govbooks.com.tw |
| 法律顧問 | 毛國樑　律師 |
| 總 經 銷 | 聯合發行股份有限公司<br>231新北市新店區寶橋路235巷6弄6號4F<br>電話：+886-2-2917-8022　傳真：+886-2-2915-6275 |

| | |
|---|---|
| 出版日期 | 2020年10月　BOD一版 |
| 定　　價 | 250元 |

國家圖書館出版品預行編目

倪墨(Nima),誰的：一位心理師的小說集 / 周牛著. -- 一版. -- 臺北市：釀出版, 2020.10
面； 公分. -- (釀文學；244)
BOD版
ISBN 978-986-445-418-1(平裝)

863.57 109013753

第二屆「後山文學年度新人獎」得獎作品
「倪墨（Nima），誰的——一位心理師的小說集」

指導單位：文化部
主辦單位：國立臺東生活美學館
合辦單位：交通部觀光局東部海岸國家風景區管理處、
交通部觀光局花東縱谷國家風景區管理處
執行單位：埴紡藝術有限公司

# 讀者回函卡

感謝您購買本書，為提升服務品質，請填妥以下資料，將讀者回函卡直接寄回或傳真本公司，收到您的寶貴意見後，我們會收藏記錄及檢討，謝謝！

如您需要了解本公司最新出版書目、購書優惠或企劃活動，歡迎您上網查詢或下載相關資料：http:// www.showwe.com.tw

您購買的書名：____________________

出生日期：________年________月________日

學歷：□高中（含）以下　□大專　□研究所（含）以上

職業：□製造業　□金融業　□資訊業　□軍警　□傳播業　□自由業

□服務業　□公務員　□教職　□學生　□家管　□其它_____

購書地點：□網路書店　□實體書店　□書展　□郵購　□贈閱　□其他

您從何得知本書的消息？

□網路書店　□實體書店　□網路搜尋　□電子報　□書訊　□雜誌

□傳播媒體　□親友推薦　□網站推薦　□部落格　□其他__________

您對本書的評價：（請填代號　1.非常滿意　2.滿意　3.尚可　4.再改進）

封面設計____　版面編排____　內容____　文／譯筆____　價格____

讀完書後您覺得：

□很有收穫　□有收穫　□收穫不多　□沒收穫

對我們的建議：____________________

____________________

____________________

____________________

請貼
郵票

11466
台北市內湖區瑞光路 76 巷 65 號 1 樓
**秀威資訊科技股份有限公司** 收
BOD 數位出版事業部

(請沿線對折寄回，謝謝！)

姓　名：________________ 年齡：________ 性別：□女 □男

郵遞區號：□□□□□

地　址：________________________________________

聯絡電話：(日) ____________________ (夜) ____________________

E-mail：________________________________________